GOBOOKS
& SITAK
GROUP©

GOBOOKS
& SITAK
GROUP©

三日月書版

三日月書版

黑蓮花攻略手冊
肆
白羽摘雕弓 著
九品 繪
輕世代
FW366
三日月書版

黑蓮花攻略手冊

HeiLianHua
GongLyue
Shouce

HEILIANHUA
GONGLYUE SHOUCE

目録

CONTENTS

凌妙妙

穿越成為官家千金凌虞的大學女生。
嬌俏可愛，聰明開朗。
心直口快，有點怕痛但能吃苦。

慕聲

名門捉妖世家公子。
城府深沉，口是心非。
對姐姐慕瑤抱持著超越手足的情感。

第十六章

子期

太陽西偏，酒肆成排的燈籠次第點亮，花折的大廳裡很快便坐滿了人。小二在席間穿梭忙碌，珍饈一道一道增加，迅速擺滿整桌。

茶杯在慕瑤的指尖轉動，她靠在椅子上，看著對面空蕩蕩的兩個座位，有些疑惑，「他們倆……今天還打算來嗎？」

柳拂衣輕拍她擱在桌上的手背，頓了頓，「不來反倒更好。」

慕瑤心領神會，點點頭。

梆子聲響。老頭出場時，沒有前幾日那般神采奕奕，似乎是沒有睡好，眼下兩塊青紫。看到二人，苦笑著用眼神打了個招呼。

為他帶來無盡虛名與財富的故事，畢竟是已故之人不堪回首的血與淚，卻被他肆意講出來，供後世之人消遣調笑，偶爾想起來還是有些不安。

「慕容氏臨盆在即，沉浸在幸福裡，全然沒想到，她美滿的生活即將四分五裂。之後的樁樁件件，都使得她遠遠偏離原來的人生。」

慕瑤和柳拂衣對視一眼，豎起耳朵聽。

「我們先前說過，趙公子是高門大戶的公子爺。他願意隱居在遠離長安的無方鎮，辭去大好官職、摒棄身分，告別揮金如土的生活，家裡人卻不肯放任他這般碌碌一生，便帶著人坐船來無方鎮找他。

「他們花了一年四個月，總算找到趙公子和他的妻子，且對慕容氏大為不滿。」

老頭嘲諷地笑了笑，「世家大族青年才俊，身上背著家族的榮耀，怎能只為自己而活？即使他不能在朝中建立勢力，至少他的婚姻也應該有利於家族。

「趙公子的姐姐查了慕容氏的身分，發現她不知是哪個荒山裡長大的野丫頭，無父無母，沒有親朋，更別說家世如何，說她是平民都是抬舉。在他們看來，一個仗著漂亮面孔的低賤丫頭想做趙公子的妻子，還將他留在這偏遠的小鎮不歸家，已是天大的罪過。

「趙公子的姐姐三番兩次派人去請他回家，都被趙公子回絕。他不勝煩擾，甚至放話，若再驚動慕容氏，他就與她斷絕姐弟關係。

趙公子的姐姐果真安分了一個月。一個月後，她只派了個方士，上門與趙公子說了一炷香時間的話，隨後離開。」

他頓了頓，深陷在眼窩中的渾濁眼睛，流露出濃重的悲憫，「五天後，趙公子獨自一人踏上返回長安的航船，頭也不回地將慕容氏永遠留在無方鎮。」

「那方士跟趙公子說了什麼？為什麼他就扔下慕容氏走了？」

「是呀是呀！那時候都快生了吧……」

臺下嘈雜聲起，聽眾義憤填膺，議論聲一浪高過一浪。

老頭抬抬手，示意他們稍安勿躁，待下面安靜下來，「那方士只是遞給趙公子一張符紙，對他說，『那慕容氏不是普通人，您若不想被她蒙在鼓裡，白白受人蠱惑，便去試一試。』」

臺下霎時鴉雀無聲，只剩老頭的聲音在響，「趙公子當即愣住了。他沒有立刻去找慕容氏，而是看著桌上的符紙，靜靜回想這些年的日子。

「他想，在他活過的二十多年裡，他從未見過慕容氏這樣貌美的女子——至少按照他的標準，沒有人比慕容氏長得更順眼。

「她為人毫無矯飾，性子也隨和溫柔，簡直就像高山上的雪蓮花，沒有經過任何俗世的沾染。讓他也時常懷疑，像她這樣天真的人，是怎麼平平順順長到這麼大的？

「他在書房裡坐了好幾日，產生一個可怕的猜測。他眼中的慕容氏，究竟是不是真正的她？他平生最厭惡女子偽裝矯飾，而慕容氏彷彿是為他量身打造，一舉一動都合他的意，倘若慕容氏的天真純淨，從一開始就是偽裝呢？

「趙公子並非什麼天真之人，他生在外表光鮮、內在腐敗的錦繡朱門，長在權力鬥爭的漩渦中心，陰謀詭計、人心怨毒，他見得多了，從不憚以最大的惡意揣測現實。這個猜想令他如墜冰窟，只覺得對美好生活的嚮往，一夜之間全部破碎。

「他開始一遍一遍回想自己對慕容氏的濃烈感情。從初見那日起，他對慕容氏的愛有增無減，只怕自己不能掏心掏肺，甚至連他這樣自負自傲的人，在她面前總會產生自慚形穢的感覺。

「自己對她的迷戀，到底是不是真實的呢？他恐慌地回想著，他對慕容氏這樣誇張的愛，到底是發自內心，還是被蠱惑產生的魔障？

「他開始惱怒起來。我們趙公子一向活得恣意萬分，他平生所求不是功名利祿，也非錦繡榮華，不過就是一個『真』。

「他連拜見權貴的違心恭維都覺得噁心，為此不惜擔上個『恃才傲物』的名頭，又怎麼能容忍自己被一個女子用手段蠱惑，產生了虛妄的感情？」

在小鎮的另一端，淩妙妙解決完水鬼，又去隔間燒水泡了個澡，換上乾淨的衣服。這才長吁一口氣，擦著頭髮，體面舒服地回到房間。

「叮——系統提示：攻略角色【慕聲】好感度已達到九十五％，請再接再厲。提示完畢。」

不知怎地，她最近非常反感系統報喜的聲音。總感覺她和慕聲兩個活生生的人之間，格格不入地被插入個冷冰冰的數字，讓人心裡難過。

淩妙妙調整一下心情，慢慢地走進房去。

地上摔碎的瓷片和積水都被打掃乾淨，水漬也被擦乾，屋裡幾乎一塵不染，看不出一個時辰前的生死混戰。房間裡燒了暖香，空氣裡是香甜馥鬱的味道，使人一進來便感到每個毛孔都舒張開來。

少年的衣服穿得整整齊齊，安靜地坐在床沿。陽光透過墨綠色帳子，落在他漆黑的髮絲上。如果不是他正漫不經心地摩挲著一顆骷髏頭，堪稱一幅非常安靜美好的場景。

淩妙妙將他手裡的頭骨奪過來，順手放在一邊，俯下身，眨著眼睛看他的臉，「你幹嘛？」

他安安靜靜地抬起頭，秋水般的黑眸注視著她，認真道，「等妳。」

這模樣又無辜又乖巧，幾乎使人忍不住想欺淩。淩妙妙歪頭瞅著他，笑了，「等著感謝你的救命恩人啊？」

「對不起。」他的眸光閃了閃，彷徨地看她的臉，好似害怕被人拋棄的小狗。

「子期，」淩妙妙坐在他的身邊，停下擦頭髮的手，頭頂著塊方巾向他說話，「我可以答應你，以後不在沒人的地方跟柳大哥單獨說話。」

她刻意咬重了「單獨」兩個字，扭頭望著他的眼睛，「但你不能不讓我跟別人說話，否則我長嘴是做什麼用的呢？」她揚起下巴，「你自己說，有沒有道理？」

慕聲的手伸過來，接過她頭上的方巾，輕柔地擦起來，小心地避過了她的耳朵，嘴角自嘲地翹起，「妙妙，妳做什麼都可以。」

他頓了頓，眸子烏黑，「我就是嫉妒而已……」他的臉上微有迷茫，所有戾氣、憎惡和欽羨一滑而過，輕聲道，「妳知不知道我有多嫉妒他？」

「那約法三章吧。」淩妙妙望著他，嘆氣，「以後我們誰都別提柳大哥，行不行？」

「嗯。」他柔順地答應，嗅著她髮間淡淡的清香，眼珠裡倒映著一點微光，語氣越發輕柔，「什麼都答應妳。」

語尾落下，他湊過來，閉上眼睛熟練地索吻，濃密的睫毛將這張臉裝點得安靜溫柔。

妙妙頓了頓，將他的臉輕輕推開，接著說，「不要動不動就綁人。」

少年睜開眼睛，語氣異常無辜，「我沒有綁過別人，向來是直接殺了。」

妙妙一時語塞，不知道該罵他，還是該誇他坦誠。

「那你更不該綁我，我是你明媒正娶的夫人，你強行捆著我就是……就是下三濫。」她自以為已經說了很重的話，應當在他單薄的自尊心上留下一筆，使他痛定思痛有所反思，誰知他竟然望著她微微笑了。

不知是不是「明媒正娶的夫人」取悅了他，他的表情乃至語氣，全都柔和得一塌糊塗。

像是抽鴉片到病入膏肓的人，在煙霧繚繞裡微笑自嘲，帶著一點微弱的求救訊號，孤注一擲、毫無廉恥地墮落給旁人看，「現在妳知道我是什麼東西了吧？」

淩妙妙望著他，心裡出奇的憤怒，柳眉倒豎，「什麼東西？靈長類動物，人啊。」

她揪過他的領子，將他玉白般的臉狠狠拉到自己面前，二人幾乎鼻尖對著鼻尖，「子期呀，」她望著他，眼珠跟著他的眼珠轉，咬牙切齒地低聲道，「自己把自己當個東西，別人才會當你是個東西，知道嗎？」

沒來由的悲憤像是利劍催逼著她的心房，噴出又酸楚又惱怒的汁液，恨不得對眼前這張臉打個幾下，看看他還清不清醒。

她恨恨地盯著他，不知怎麼想的，臉一傾，張嘴一口咬在他的嘴唇上。少年目光深沉地望著她，旋即閉上眼睛，就著她這一咬，輕柔地吻在她唇上。

妙妙放開揪他領子的手，鬆了尖牙利齒，他的手捧住她的臉，吻得纏綿又急切。床角的鈴鐺輕輕響動，他們像是對冷得發抖的孩子，擁抱著彼此取暖，恨不得將對方揉進身體裡。

「趙公子想了三日，決心去證實看看。他沒有像那方士所說用符紙驗證，而是找慕容氏，直截了當地問她。

「他們關起門來談了一刻鐘的話。趙公子出門時，面色如死灰，即刻一言不發地收拾行李，離開無方鎮。慕容氏抱著肚子倚在門口，滿臉驚惶地望著他。

「她沒有阻攔，而是睜著那雙美麗的眼睛，絕望地看著他離去。她臉上的表情，就像是個被摔得粉碎的琉璃美人。

「趙公子大病一場，一個月後在趙家的安排下，與一個仕宦家族的貴女成婚。趙公子的姐姐很是得意，只是他從那日起，幾乎再也沒有笑過。」

「那慕容氏的孩子呢？」底下有人插空喊。

「慕容氏在一個雷雨交加的夜晚獨自生下了孩子。

「她沒有請產婆，而是坐在家中冰涼的地板上，在黑暗裡睜著眼睛，纖細的手指抓著桌腳，發出貓一般垂死的呻吟。她昏昏醒醒，直到後半夜才生下了孩子，她的裙子泡在一片汙濁的血泊裡，整個人被汗水浸透，像是從水缸裡撈出來一般。

「外面雷聲大作，她在黑暗中摸索著。用準備好的剪刀剪斷了臍帶，慌亂中不慎刺傷了手掌——在此之前，趙公子甚至連剪刀也不許她碰。

「她顧不上鮮血直流，將啼哭的孩子抱起來，埋進自己單薄的衣襟裡，吻了吻他的額頭。她實在精疲力盡，就那樣昏了過去。」

凌妙妙心裡想，她雖然沒吃過豬肉，但好歹是見過豬走路的。眼前這人活了十八年，卻是連豬都沒見過，不由得產生了一點憐憫之情。

憐憫之後，她覺得自己作為經驗稍微富足一些的那一方，應該主動帶他，才算盡到責任。這樣一想，那一點慌張和躊躇瞬間便被莊嚴的責任感取代。

她不大熟練地摟住少年的脖子，整個身子全靠在他身上。慕聲愣了一下，感覺到她強烈地想推倒自己的意願，於是就勢靠下去，順從地任她壓在床上。

凌妙妙趴在他身上，強作鎮定地解他的衣袍。手抖得厲害，解了半天也沒能解開，快在他注視的目光下尷尬地哭出來了。

四目相對，她的額頭上出了一層薄汗，烏黑的杏子眼帶著羞惱的慌亂，半乾的頭髮散落在他的衣襟上，被暮光染成淺栗色，淡淡的花香盈滿了小小的帳子。

少年一把攥住她停留在半空中的手指，眸光漆黑，含著柔潤的水色。僵持了兩三秒，他摟住她的腰，往帳子裡側一個翻身，兩人位置顛倒。

他微微起身，抿著唇，右手飛快地解開衣袍，手指也有些微不可察的顫抖。

「這樣解。」他望她半晌，吐出三個字。淩妙妙看著他，緊張得說不出話。

他解開卻不脫，掛著衣服，俯下身自顧自地吻她的耳垂，睫毛掃在她的臉頰上，彷彿有人用羽毛輕輕撓著。

他的吻也有些不穩，帶著些心急火燎的味道，順著她的耳垂往下直到脖頸，再向下嗅到她衣襟上的一點花香。他一陣目眩神迷，手撫弄著她熱乎乎的臉頰，咬住她上襦前襟的繫帶，一點一點抽開。

「能不能別這樣……」妙妙的手指無措地拉他的背，眸子轉了轉，小小聲道，「我……有點難受。」

外面的天顯見地昏暗下去，帳子裡的光變成暖黃色，撒在她的額頭上。

少年正吻著她的側臉，聞言抬起頭來看她。黑髮滑落下來，他的額頭上罕見地出了一層薄汗，眸中有些茫然，輕聲道，「我也……很難受。」

妙妙本能地感覺到這樣僵持不是辦法，可是她對未知也感到有些懼怕。直到手指摸到他背上道道交錯的鞭痕，心霎時軟了，「那你就……怎麼舒服怎麼來吧。」

「嗯……」他似乎是得了允諾，終於邁進那一步，感覺到身下的人無聲地吸了口寒氣。

他低頭將她額上被汗水打溼的頭髮撩開，聲音很低，「疼嗎？」

妙妙咬著牙，目光閃閃爍爍，輕輕倒吸著氣，像是反過來安撫他，「還……還行。」

他心裡被一陣湧上來的暖意填滿，感覺到自己似乎飄忽在雲上，幸福得有些不真實。低頭吻著她的唇，不給她呼痛的機會，慢慢放任了自己。

兵荒馬亂中，他的手指蠻橫地抵在她的唇上，硬生生將她咬在下唇的牙齒抬了上去，「別咬自己。」

妙妙的虎牙叼著他的指腹煩躁地磨了磨，氣喘吁吁地罵，「不咬……我……難道咬你嗎？」

他真將手背乖順地伸過來，「可以。」

她伸手輕輕一推，將他的手推開了。沿著原有的牙印迅速地封住唇，好似在給一瓶不太穩定的汽水用力旋上蓋子。

他眼疾手快，再度用手指抬起她的牙，憐惜地摩挲著她的唇瓣，帶著混亂的呼吸，在她耳畔道，「妙妙，妳可以出聲的。」

羞恥的熱度沿著脊梁骨往上爬，霎時間占據了整個大腦，雞皮疙瘩起了一背。她撐著最後一絲理智給自己一遍一遍打氣，合法夫妻，合法夫妻……合法行為，合法行為……

他的指腹抬著她的牙，哄騙般地貼著她的耳朵說話，「出聲吧。」她忍不住含糊地呼痛。

「妙妙……」他纏綿地喚，眸光迷離。淩妙妙茫然地望著他，這人看起來好像沒羞沒臊，全無下限。

像是汽水瓶「砰」地打開蓋子，她開始悶哼。總歸已經摒棄了羞恥心，便故意誇大其詞，覺得自己變成豌豆公主，被他掐了一下腰也哼，無意間蹭了一下手臂也哼，背後墊著的衣服摩擦也哼。

妙妙看著他像瀕臨失控的野獸般躁動起來，又怕真的弄疼她，拚命克制自己，手足無措，連眼尾都泛著殷紅。她心裡幸災樂禍，手指輕快地摩挲他的脊背，像是在順著小動物的毛。

慕聲覺得懷裡的人真的變成一朵雲，軟綿綿、熱呼呼，還能發出美妙聲音的雲。恨不得將她拆碎揉進胸口，又怕她真的一下消散，只好拿雙手小心翼翼地捧著。耐不住了便吻一下、舔一下，再放回去珍藏起來。

「這是個男孩，輪廓與慕容氏如出一轍，秀美靈動，眉眼生得倒像他父親。慕容氏帶著孩子，在鎮上艱難地生活。剛開始時，鄰里尚對她關照有加，可是時間久了，家裡沒有男人庇護，慕容氏的容貌終究招來了禍事。

「最初只是一兩個光棍鄰居打她的主意，被她嚴詞拒絕喝斥幾句，尚要顧面子，連連致歉退開。

「慢慢的，發現他們孤兒寡母毫無還手之力，便有許多地痞流氓、醉漢賭鬼上門糾纏。慕容氏家裡的鎖每天都被不同的人撬開，慕容氏擔驚受怕，每天握著一根長棍，和衣坐在庭院門口，夜夜不敢安睡。

「她的女鄰居們同情她，但時間久了，便也視她為不詳。鎮上開始有謠言，說她水性楊花，在外與男人淫亂，這才被夫君撇下，是個沒人要的蕩婦。

「此名一出，慕容氏的日子過得更加艱難，好幾次差點被人欺負，她掙扎叫喊了半天，也沒人來搭救她。還是身旁嬰孩大聲啼哭引得鄰院裡的狗狂吠，好事者心裡有鬼，嚇得連滾帶爬地跑掉，才逃過一劫。

「慕容氏決定抱著孩子離開無方鎮，回自己的家鄉。可是路途漫漫，她走到哪裡都不安定，哪怕她戴著面紗揣著匕首，一個窈窕的女人孤身抱著個嬰孩，也總是逃不開覬覦的眼睛。

「車舟行途，流竄的惡人尤其多。船上有一伙惡匪盯上了她。便在一個夜裡，幾人分工配合，搶走了慕容氏懷裡的孩子，強令她屈從，否則便要將孩子掐死扔進江水裡。

「慕容氏為了孩子，不得已含淚答應。事行至一半，船上腳步吵雜紛亂，有兩人從廊中經過高談闊論，正提及長安的趙公子，大張旗鼓娶了新婦。慕容氏聽在耳中，萬念俱灰，剎那間彷彿天地失色。

「忽然嬰兒夜夢驚醒，放聲啼哭。匪徒們嫌他壞了好事，想要違背諾言將他掐死，不知是不是惡行觸怒了老天……」老頭伸出指頭指了指頭頂，瞪圓了眼睛，「忽然紅光大作，四人齊齊倒下，霎時死於非命。」

臺下鴉雀無聲。

「慕容氏斂好衣服，掙扎著起身抱起孩子一看，不知發現了什麼，當天便踏上返程回了無方鎮。」

聽眾們一陣騷動，竊竊私語不絕。

「怎麼了呀……」

「不知道呢……」

「慕容氏抱著孩子連夜趕回無方鎮，逕自去找了花折的老闆榴娘。

「這榴娘，究竟是何方神聖？無方鎮裡的秦樓楚館，唯數花折最有名。花折裡的姑娘，個個絕色，琴棋書畫樣樣精通，既有樣貌又有才情，引得無數達官顯貴不遠萬里前來風流，榴娘便是那老鴇之最。

「慕容氏早年與這榴娘曾有點頭之交，現下走投無路，就去投奔於她。榴娘見了慕容氏，給出的第一個建議，便是要她去把繈褓裡的孩子溺死。」

慕瑤心裡咯噔一下，與柳拂衣對視一眼。

「為什麼啊……」身後有人悄聲問道。

臨桌人輕輕敲了敲碟子，笑道，「那還不簡單，她獨身一人還算搶手，帶著個拖油瓶算什麼事？」

「慕容氏不願意放棄孩子，與榴娘不歡而散。可是她回到家，鎮上那幾個惡棍地痞，就像是豺狼虎豹般虎視眈眈，她過得萬分艱難，連生計也是問題。

「趙公子再娶，她對男人已經絕望。她便想，與其這樣磋磨度日，不如換得個錦衣玉食，好好將孩子養大。便再回頭去找榴娘，同意賣身，只求個避難之所。」

「唉……」聽眾們兩眼含淚，嘆息連連。

「榴娘對此事萬分謹慎。一來，慕容氏的絕色必定是豔壓群芳，超過花折裡所有的姑娘；二來，慕容氏多多少少跟她有份交情，她也不想虧待慕容氏。

「於是，榴娘沒有把慕容氏的名字寫上玉牌，也沒為她起花名，闢了三樓最豪華的東暖閣，錦衣玉食地供著她。是慕容氏給自己起了個名字，以示與過去劃清界限，叫做『容娘』。」

慕瑤聽到這裡，猛地蹙起了眉頭，「容娘？」

柳拂衣奇怪道，「怎麼了？」

「容娘，蓉娘……」她嘴裡默念著，搖了搖頭，陷入了深深的沉思，「沒什麼……」

「容娘接客，只接那些王公貴族、人上之人，還須得才貌俱佳，才有幸與她春風一度。榴娘覺得這樣算是照顧容娘了，即便是淪落風塵，也算是個受人仰視的紅姑。

「只有一點不妥，便是容娘那個孩子。男孩養在妓館多有不便，四歲以前還能與母親日日待在一起，容娘接客時便託付別的姐妹照顧一下。

「四歲之後，便沒辦法時時待在花折裡了。容娘只得給他些錢，囑咐他在太陽落山以後在外面逛，後半夜再悄悄從後門進來，在小房間裡睡下，不要驚動其他客人。

「容娘待在『花折』七年，見過她的人，都對她的樣貌津津樂道。只是可惜她那渾然天成的一張臉，隱在濃妝之下，沒能昭顯於世。

「七年裡，容娘的容貌一如往昔，似乎沒有被時間影響，也沒有染上風塵氣，在權貴之間的名聲越來越響。那一年，據說連先帝陛下也被驚動，藉微服私訪之名，一睹容娘的芳容。」

「嘶……」下面的人吸著寒氣。

「陛下見了容娘，很是喜歡，當夜便留宿在花折，夜裡顛鸞倒鳳時——」他頓了頓，所有人都屏住氣，「不知怎麼，偏偏就是在那天傍晚，容娘七歲的兒子忽然違背母親的叮囑，慌慌張張地跑回了花折，衝進房內，看到母親與別的男人交媾的模樣……

「陛下驟然被擾，慌亂之下拿茶杯砸他，那小兒不知是不是嚇呆了，竟跪在地上不肯走。一番拉扯，驚動了榴娘。

「陛下是來尋歡作樂，秦樓楚館的夜夜笙歌，本就是你情我願。天下佳麗誰敢不在真龍面前笑著承歡？可那小兒用一雙眸仇恨地盯著他，好似他強搶民女，欺辱人家母親似的，不由得心生不滿，雷霆震怒拂袖而去。

「榴娘苦苦哀求，花折才倖免於難，只得按照陛下的命令，將涉事的容娘趕出『花折』，放她自由。

「可是『花折』才是容娘的庇護之所，『自由』於她反倒是劫難。她帶著孩子，在門口跪了三天三夜，榴娘還是不肯答應再收她進來。」

「唉……」廳內只剩下此起彼伏的嘆息。

「於是，慕容氏只得帶著孩子離開無方鎮。沒有人知道他們去了哪裡，只聽說有人在長安見過她，也不知道容娘此後有沒有再遇到惡人。

「容娘就像是無方鎮的霧，天亮之後便消失了，彷彿從未在此出現過一樣。」

妙妙拉起被子裹到脖頸上，將自己裹成一隻蠶，滾到床邊。

夜色圍攏下來，帳子裡很快便暗了，慕聲在外面點亮了蠟燭。

聽說男孩子結束之後，大都沒什麼興趣溫存。妙妙便趁著他起來點蠟燭時，自顧自閉起眼睛，打算一個人安分睡了。

慕聲回過身來，手卻伸進被子裡抓住她的腳踝，將她從被子裡一點一點拖了出來。

「幹嘛……」她慌張地扭過身來。

他身上披著衣服，睫毛在燈下凝著一點微光，低頭吻著她裸露的小腿。柔光勾勒出他髮絲的輪廓，簡直美得像是幅名家畫作。

淩妙妙紅著臉抽腿，想快點破壞掉這種詭異的虔誠美感，他卻猝不及防地吻在她的腳背上。一陣電流似的感覺驟然沿著腳背向上，她低低哼了一聲，他便難耐地俯下身來壓住她，雙手捧住她的臉。

淩妙妙眼疾手快，立即抵住他的唇，哭喪著臉。先親腳背，再親臉，什麼順序……

「睡吧，別鬧了。」她眨著眼睛望著他，突然發現他整個人的氣質都不一樣了——他的眉梢眼角帶著豔色，嘴唇嫣紅，黑水銀般的眼珠裡水光瀲灩，誘人至極，引得人想去一親芳澤。

這真是……真是……傳說中的面含春色？這荒誕的感覺，剎那間讓她有些迷茫，剛才被睡的到底是誰？

她向後靠了靠，身上的痛楚將她拉回現實，一把將他推下去，拉開被子蓋住他，假裝凶巴巴道，「快睡。」

少年眨著眼睛，無辜順從地看著她，側臉極美。她心裡一動，忽然無端想起說書老頭形容慕容氏的話來。

「人情世故，她多半都不懂，是他一件一件慢慢教導的，像是給一幅未畫完的美人圖，點上明亮的眼睛一樣。

「慕容氏過了一段蜜裡調油的日子，越發美得驚人。」

她扭過頭，細細端詳著慕聲在昏暗燈下的臉。果真驚訝地發覺他的眉眼、鼻尖、嘴唇以至於眸中神采，就如同被打磨的璞玉漸漸生光，越發顯露從前不曾顯出的濃豔之色。

妙妙心裡咯噔一下，一陣無端的難過，慢慢地窩到他的懷裡，伸手摟住他。這是妙妙頭一次主動伸手去抱他。

慕聲怔了一下，不敢動了，連呼吸都不自知地放輕，全部的注意力不動聲色地集中在她手搭住的地方。他感覺到妙妙摟著他的腰，用力捏了兩下，低聲道，「今天沒去成花折，等慕姐姐他們回來，讓他們複述一遍給你聽？」

原來是為了這個，他心裡一陣說不清道不明的滋味。他的事情向來沒人在意，現在竟有人比自己還上心。

他頓了頓，很乖地應，「嗯。」

淩妙妙完成安撫，準備抽回手。他的手臂卻飛快地一夾，將她的手無賴地壓在自己的腰上。

妙妙哭笑不得，沒再掙扎，在昏暗的燭光下，以這種古怪的姿勢搭著他，忽然小聲道，「子期，你是不是害怕聽那個故事？」

慕容氏的故事已經過半，他可以猜到後面是如何急轉直下。他尋覓了那麼久的真相，臨到跟前卻近鄉情怯。

半晌沒聽見他的回應，她伸出手指，戳了戳他的胸膛，睫毛忽閃了幾下，「就算是真的……那也是過去的事了，過去很久了。」

他不作聲，留戀地反覆摩挲著她的腰側，將那裡摸得熱乎乎的。半晌，手伸到腰後將她一攬，一把壓進懷裡。

妙妙身上只有一層薄薄的寢衣，還是剛才隨便套的。二人的身體緊緊貼著，她覺得有些不太自在，推了推他的胸膛，像是小動物的掙扎。

「嗯，我怕。」他的聲音忽然低低地從頭頂傳來。

淩妙妙頓了頓，不掙扎了。仰頭看著他的下巴，嘟囔道，「你有沒有聽過一句話，英雄不問出身？」

說完覺得有點人微言輕，像是補充論證似地，在他冰涼的脖子上輕輕啄了一下。不太熟練，彷彿叼蟲子的啄木鳥。

他一僵，手臂登時收緊。那一下將他所有的注意力都引了過去，仰著脖子等了半晌，也沒等來第二次。他頓了頓，睫毛微微顫了一下，有些委屈，「沒了嗎？」

「什麼？」凌妙妙空出來的那隻手正玩著他寢衣上綴的黑色珠子，驟然聽到發問，滿臉疑惑。

少年的眸色暗沉，在昏暗的燭光中勾了勾唇角，捏住她的下巴。他低下頭望著她，眼中泛著水色，故意道，「我連陰溝裡的蟲子都不如，算什麼英雄……」

凌妙妙望著他的眼珠裡果真浮現出怒火，「人家蟲子還覺得自己活得挺滋潤的呢，哪像你……」

說罷，又覺得心裡酸澀，情緒上來勾著他的脖子又親又咬。好幾次嘴唇不慎蹭到了少年的喉結，惹得他的眸光暗了又暗。

她這才放開手，沒什麼力道地推了他一把，恨恨道，「說的是什麼屁話。」

怒火一消，她便下意識地摸了嘴角，又伸手摸了摸他頸上幾個淺淺的牙印，呆住了，背後一陣涼。

她大概是被黑蓮花教壞了，總是在衝動想打他的時候，下意識卻是用嘴……還沒想明白，就被人翻身壓住。

少年吻著她的頭髮，隨即急促的呼吸落在她的頸側。他的手摩挲著她的腰，在她耳側克制地問，「再來一次好不好？」

「請您留步。」慕瑤氣喘吁吁地追了上來，「故事裡略去的部分，能不能原原本本地告訴我們？」

老頭略一沉思，問道，「慕方士想聽哪一節？」

「在房間裡，趙公子找慕容氏談判，他們究竟說了什麼？」

老頭撫了撫額頭，強笑道，「不瞞您說，那珠子裡的記憶有限。很多地方都破碎不堪，有許多事還是小老自己理順猜出來的。」

「那按照您的拼湊，他們大約說了什麼呢？」

他嘆了口氣，「趙公子逕自去問慕容氏的身分，慕容氏先是沉默，隨即據實告知。說自己……」他小心翼翼地瞥了慕瑤一眼，「說自己不是人，是……是……」他似乎有點不太確定，音節在嘴裡要吐不吐。

「魅女。」柳拂衣適時接道。慕瑤的臉色蒼白，但沒有打斷。

「對，魅女。」老頭眼睛一亮，有些緊張地詢問道，「這魅女，是妖吧？我怕講出來引起恐慌，只得刪去這一節。」

慕瑤的神色複雜，指尖下意識地纏在一起，似乎不太想接受現實，「真是魅女？」

柳拂衣道，「魅女天生無淚，若痛極悲泣只會泣血。所以在那堆透明的眼淚裡，才會有一顆血珠子。」他頓了頓，抬抬手，示意老頭繼續。

「趙公子的臉色很難看，只反覆問她為什麼要蠱惑自己，為什麼要騙自己？慕容氏愣了好一會，說自己沒有，可是趙公子不信，似乎是負著氣，不久後便收拾東西離開了。」

趙公子為人自傲自負，在某些事情上一旦有了先入為主的猜測，難免有些固執己見、剛愎自用。越是在乎，越是多疑，越是止不住地亂想。

而魅女美豔絕倫，天生就是蠱惑人心的胚子。她強辯自己是真心，又有幾個人會信呢？

慕瑤和柳拂衣一時無言，半晌，柳拂衣對著慕瑤耳語幾句，後者轉身回了花折。

待她走遠，柳拂衣才低聲問，「那孩子生出來的時候，可有異狀？」

老頭沉默了一會，咂嘴道，「剛生出來的時候，皮膚白得似雪，耳朵很尖，胎髮長得蓋住額頭，也不哭，長得很是古怪。可是第二日的時候，就變得和尋常嬰兒一般模樣了。」

「哦對了。」他突然想到了什麼，比劃起來，「這孩子小時候，頭髮長得特別快，一夜之間便從肩膀長到後腰。離開花折的前一日，他娘從抽屜裡拿出一把大剪刀，似乎是猶豫很久，才把它握住一把剪了。」

「什麼樣的剪刀？」

老頭回憶了一下，「就是農人剪草的那種剪刀。只是剪刀軸子上，刻了個彎彎的月牙。」

「斷月剪？」柳拂衣低聲喃喃，暗自詫異起來。

慕瑤回到柳拂衣身邊，問道，「那趙公子到底叫什麼名字？」

「這倒不知道，只是聽慕容氏有一次喚他『輕歡』。」

趙……輕歡……高門大戶……長安城……慕瑤半晌沒緩過神來，這故事的主人公，竟是趙太妃趙沁茹的親弟弟……輕衣候。

今日樁樁件件，都令她覺得心驚肉跳。她捉妖世家收養的孩子，生母居然是個棘手的大妖。這個大妖竟是魅女……那麼……和「她」有關係嗎？還是說……

慕瑤陷入了更深的沉思，若輕衣候真的是慕聲的生父，那麼他手裡的那塊玉牌，是什麼情況下得來的？爹娘又為什麼要撒謊，說阿聲是妖怪窩裡撿來的呢？

慕聲做了個夢。

馬蹄聲噠噠掠過窗邊，細條狀的光影紛亂，狹小的房間裡，他趴在窗臺上，巴望著觀景窗。

這裡不是那擁有如血般紅羅帳的繡樓，身旁之人說的也不是輕軟的南部方言。偶有馬蹄掠過，揚起黃色的灰塵。他知道，這裡不是他的家。

裸露瘦削的脊背上有幾道交錯的紅痕，手臂上還有青紫的甲印，渾身觸目驚心的累累傷痕。在這閉塞陰暗的房裡，他曾經擁有過的那段溫柔憐愛已煙消雲散。

女人跪坐在他身後的墊子上，兀自對著一面破舊的鏡子點妝描眉。給那張絕色的臉戴上豔麗的假面，眉尾斜飛，像是禍國妖姬倚仗的利劍。

漆黑眸子裡倒映著天穹，慢慢從湛藍到昏黃。他整日趴在窗邊，期冀地望著那一點亮光，卻不知道自己應該等著誰。

有時候，只是看著簷下的燕子銜著泥搭巢，還沒搭好就被街上的小乞丐拿棍子一戳。巢塌了，幾枚小小的蛋打碎在地上，在泥地的殘骸中絕望地流出濃稠的汁液。燕子拍著翅膀，在空中悲鳴，眼睜睜地看著，卻無家可歸。乞丐們殘忍地笑著，趴在地上將蛋液爭搶分食。

他向後縮了縮，搭在窗櫺上的手指發涼。頭頂覆上一層陰影，她身上劣質的香氣伴隨著風籠罩過來，他扭過頭。她居高臨下地睨著他，嘴角帶著一絲冷淡的笑意，「餓嗎？」

他不自然地眨著眼睛，捂著肚子抿了抿唇，聲如蚊蚋，「餓。」

「餓啊。」她笑著，慢慢蹲下來摟住他的脖頸，扭過去強行讓他向外看，冰涼的手指使他打了個哆嗦，「看到了嗎？」她指著外面那幾個衣衫襤褸的乞丐，「去啊，去跟他們一起吃。」

他直往後縮，眼中的不安愈來愈重，「娘……」

「娘養不起你。」她下了結論，臉上的微笑惡毒，「你自己去討吃的吧，若是要不來，就去偷，去搶。」

她望著他，栗色瞳孔中含著笑意，像是無法擺脫的詛咒，「要是連這點本事也沒有……」她豔麗的紅唇輕啟，「就去死。」

他戰慄著，在她轉身離開的剎那，慌亂地抱住她的腿，像是溺水的人抓住最後一線生機。

「娘……」他發出小野獸般惶恐的哀求，「我聽話，我聽話……」可不可以不要丟下我……

她猛地回頭，塗著紅色丹蔻的十指猛地掐住他小小的脖頸，直接將他頂在破舊的矮窗上，窗框發出嘶啞的吱呀聲。

她的眸中恨意洶湧，「要不是因為你，我何至於落得如此境地？」

他張了張口，沒有發出聲音。她率先鬆開手，他倚著窗滑落到地上，咳起嗽來，雪白的頸上留下青紫的掐痕。

她蹲下來，俯視著他，那眼神像是在看一隻垂死的小狗。

她憐憫地撫摸他的髮絲，話語中還留有尚未褪去的冷意，「小笙兒，你要乖。殺死他之前自己去討飯吃，嗯？娘不會不要你，等你殺了他，娘便帶你走。你想去哪裡便去哪裡，好不好？」她平靜下來後，許諾異常溫柔。

小孩子總是易於哄騙，甚至不用哄騙，只要她像以前那樣對著他笑一笑，他便什麼都依了。

他懷著一點小心翼翼的期冀，好了傷疤忘了疼般又親近了她，「那……娘去哪裡？」

她無聲地正了正簪子，微微笑了，「娘有更重要的事情要做。」

她低下頭來撫摸他的臉，尖利的指甲有幾下刮到了他頰上，「小笙兒喜不喜歡弟弟妹妹呀？」

她的手極涼，像是一塊冰，凍得他渾身僵硬，他本能地搖了搖頭。他想，娘是瘋癲了，哪裡來的弟弟妹妹？

她高興地笑著，「嗯，真乖。娘也不喜歡他們——一個都跑不了。」

有人將被子折了兩折，裹在他身上。被子太厚了，因此邊角翹了起來，她嘟囔幾句，翻身過來用身子壓住。

妙妙隔著被子手腳並用地抱著慕聲，像抱著樹幹的無尾熊，抱得那樣緊。

他睜開了眼，恰與她四目相對。眼前的人驟然一驚，旋即不好意思地將小腿放下去，滾到一邊。

被子邊角立即翹起來，他的手從被子裡伸出來，伸手一撈將女孩抱進懷裡。她的臉蛋貼著他的心口，熱呼呼的一團。

這樣的熱直透四肢百骸，他的血管裡終於奔流著正常的、鮮紅的血液，從那樣如墜冰窟的寒冷中抽身而出。

「還冷嗎？」她問，「你剛才一直發抖。」她的睫毛一動一動，癢癢地掃著他胸前的皮膚，又執著地問了一遍，「還冷嗎？」

他閉著眼睛，一點一點吻著她溫熱的臉頰，「不冷了。」

陽光從帳頂上投射下來，每一片光斑都溫柔明媚。

在陽光下行走的女孩，帶著一身光明磊落的溫熱，大大方方地鑽進他的懷裡，抱著他，暖得像是在做夢。

第十七章

魅女

HEILIANHUA
GONGLYUE SHOUCE

「妙妙，妳來。我有話告訴妳。」

前廳裡，兩旁花窗漏下細碎的陽光，照在幾盆吊蘭的葉子上。

柳拂衣眉宇間帶著憂色，招了招手，把走過院子的淩妙妙叫進屋，順手幫她拉了把椅子。

半晌，沒聽見回音。他一抬頭，只見淩妙妙為難地站在原地，左顧右盼，忽然眼睛一亮，「柳大哥，抱歉，等我一下。」

她提著裙子飛快地跑過去，攔住從前廳路過、準備去院子裡練術法的慕瑤，「慕姐姐，能不能進來坐一會？」

慕瑤一臉茫然地被她拉進前廳，按著坐在柳拂衣旁邊。妙妙隨即搬過椅子，坐在他們對面，擺出會談的架勢。

「現在好了。」她雙手相抵，撐著下巴笑了笑，「柳大哥開始吧。」

柳拂衣哽了一下，與慕瑤對視一眼，兩人都對她說話前的嚴肅準備摸不著頭腦。

「別一直看我啊。」淩妙妙輕咳了一下，「不是想告訴我慕容氏的事嗎？」

慕聲一早就去鎮上採買筆墨黃紙，恐怕一時半刻回不來，現在是這些天裡他唯一不在場的時機。

柳拂衣默了片刻，「慕容氏，或許不該叫做慕容氏。」

淩妙妙豎起耳朵聽。

「她不姓慕容，她姓暮，夜晚的那個暮。『暮』姓，在妖物族群中，是象徵永夜的存在。他們身上體現妖物最黑暗的一面，魅惑，暴戾，隻手遮天。

「還記得過宛江的時候，在大船上我曾經講過的魅女嗎？」柳拂衣望著她，表述緩慢而柔和，生怕她不接受似的，一點點地引導著，「魅女，能歌善舞，美豔絕倫，善蠱惑人心……」

「噢！」妙妙抿了抿唇，伸出手指，「想起來了，那個人格分裂……」

當時，柳拂衣對她講過，魅女若是被人辜負，就會於體內分裂出另一個完全不同的妖魂，名為怨女。怨女本性極惡，為禍四方，是捉妖人避之不及的對象。卻沒想到，這麼巧……

柳拂衣頷首，還在觀察她的神色，「暮容兒是魅女，她說的那座故鄉的山，就是極北之地的麒麟山。現存於世的魅女數量很少，她就是其中之一。」

「噢……」淩妙妙思忖，手指無意識地絞著，垂著眸子嘟囔，不知是驚異還是茫然，「那慕聲——就是魅女的孩子了。」

她的大腦飛速運轉，慢慢地印證這個事實。難怪，在第一個記憶碎片中，他可以神出鬼沒地鑽進輕衣侯的七香車。難怪他頭髮一長，紅光一閃，就能殺人於無形。蠱惑人心的力量也不是邪術，應該是天賦了……

那髮帶呢？她原先以為慕聲是借了髮帶的力，現在看來，那髮帶恐怕只是個把門的閘口。

廳內靜靜地燃著薰香。花窗外的人影動了動，衣角擦過茂盛的蘭花，剛結出的花苞滾落在地。

少年將背抵在牆上，閉上眼睛，努力地想要勾起唇角，嘴唇卻顫抖著，連一個譏誚的微笑都沒能完成。

果然……是半妖啊。擁有這樣的血統，卻在嫉惡如仇的捉妖世家長大，手裡沾了無數妖物的血，卻終究不被世人所容。

他隱約猜到了自己的宿命，可是在終於被證實的這一刻，仍然生出一股深入骨髓的孤獨。過去的十幾年，終於全部被判定成微不足道的笑話。不論哪一方，都不應該多餘出他這樣的怪物。

他轉過身，透過花窗的縫隙，一動也不動地看著淩妙妙低垂的眉眼。搭在牆上的指甲泛白，他眸中的黑是旋轉顫抖的星河，極端危險。

現在，他放在心口的女孩，終於毫無掩飾地知曉了他驚天的不堪。

他沒有勇氣聽下去了，哪怕她皺皺眉，都如一記重錘砸下。可是他邁不動腳步，發瘋似地想看看她的反應……不敢奢望，又忍不住幻想。

「妙妙？」柳拂衣有些憂心她長久的沉默，身子傾了傾，「怎麼了？」

「沒有。」妙妙抬起頭，語氣又輕又緩，像是在暖融融的午後講故事，「我在想。」

柳拂衣對她過於平靜的反應有些吃驚，「想……什麼？」

她蹙著眉，含著微不可聞的嘆息，抬頭一望，聲音仍舊很輕，「我在想，那子期豈不是很可憐。」

屋內屋外的人一併默然。一時間庭院落葉沙沙，由外而內傳來。

她接著道，「做人有做人的快樂，做妖有做妖的瀟灑。他夾在中間，該往哪去啊？」

陽光傾落的室內，女孩歪著頭，眼帶真誠地發疑問，隨即又陷入了沉思。

慕瑤沒有想到妙妙的反應竟是這樣，頓了頓，試探著問，「妙妙……不怕嗎？」

凌妙妙看了她一眼，反問，「慕姐姐怕嗎？」

「我闖南走北，見得多了，自然不怕……」她的臉色很難看，「只是……有些詫異罷了。」

慕瑤覺得，自從慕聲在那天夜裡爆發以來，她的心也跟著變得越來越寬，幾乎有些自我放棄的意味。別說半妖，哪怕他就是妖，難道她還能提刀把養了這麼多年的弟弟砍了不成？

就算她想，手也舉不起來，哪怕躲遠點眼不見為淨，也不想直接對上他。這幾個月，她一直活在自我懷疑和心理矛盾中。

「是啊，沒什麼好怕的。」妙妙點頭，「慕聲不就是慕聲嗎，是人是妖又有什麼關係？」

「可是……」可是妳不一樣，妳是他的妻子，人妖殊途，終究……

柳拂衣握住慕瑤的手腕，使她沒有說下去。

柳拂衣接著道，「趙公子，妳也知道，就是趙太妃的弟弟輕衣侯。」

白色髮帶在風中飄飛。

慕聲的腰斜抵著牆，手指按在花窗上，貪戀地描摹著妙妙的輪廓。

他眼尾上挑的那個小巧的勾，罕見地勾住了一點暖色。側臉恬靜，像一塊被撫摸得熱乎乎的暖玉。長睫下黝黑的眸子，沾染了陽光，倒映著一點迷亂的光暈。

她說……是人是妖都沒關係。只是這一句話，他就像垂死的囚徒被判了緩刑。

隨即，他看見淩妙妙詫異地抬起頭，「輕衣侯？」

她驚愕了兩三秒，那雙明亮的杏子眼，不自然地眨了兩下，眼皮發紅，又飛快垂下了眸，越發像隻兔子。

「怎麼了？」柳拂衣嚇了一跳。知曉慕聲的身分，竟然比知曉他是半妖更讓她吃驚。

「沒事。」淩妙妙的手指交握著，看著地板，胸口裡彷彿有隻手在揉著她的心。親人背離，父子相殺，至親面對面都認不出來，只當仇人搏命……到底是怎麼走到這一步的？

她又出神想了。倘若一切順利，黑蓮花本該是趙家的小侯爺，錦衣玉食堆砌，被恭維祝福包圍，鮮衣怒馬、自由自在地長大。父母期許，名之子期。

柳拂衣擔憂地盯著她。

「沒事。」淩妙妙擺擺手，強笑道，「柳大哥接著講吧。」

「我曾經對妳說過，魅女隱居山林，一旦流落於世，必會招致災難。」

淩妙妙點頭，「是因為怨女的緣故嗎？」

「也不全是。」他頓了頓，「魅女天生地長，妖力巨大。只是一旦懷孕生子，妖力便會被大幅削弱，甚至失去妖力。」他提著一口氣，「她們的孩子將繼承……或者說是『剝奪』母親的妖力。」

淩妙妙目不轉睛地盯著他。

「若生男，則妖力減半；若生女，則妖力加倍。而男孩不算在魅女族群中，生兒得來的妖力無法延續下去。」

妙妙的腦子飛速運轉著，「也就是說，隨著魅女族群的繁衍，真正作為「魅女」繼承妖力的女孩會越來越少……但是……妖力會越來越強……」

「對。」柳拂衣頷首，贊許地看著她，「這就是魅女族群的『進化』。

「如果放任她們『進化』，最後會產生出什麼樣強大的怪物，這個世界能不能承受這種力量，誰也無法預料。魅女族群也不希望力量集中在某幾個人身上，因而將自己藏起來，不會輕易繁衍。」

凌妙妙長吁一口氣，還沒能把這口氣吐完，便聽見接下來的話。

「但我猜，暮容兒是個例外。她生下了男孩，但這個男孩的妖力竟然沒有減半，反而加倍了，不知道是否是因為與人結合的緣故。

「與之相應的是，暮容兒的強大妖力幾乎全被他剝奪，有了這個孩子以後，孱弱得幾乎像是個普通女人，甚至沒有辦法抵禦普通人的欺侮。」

凌妙妙詫異地聽著，把自己的手都掐紅了。

廳堂裡的人沒有發覺花窗外的蘭花葉片搖擺，外面的衣角一閃，無聲地消失了。

「我還聽過一種說法。」柳拂衣道，「只要在孩子長大之前殺了他，屬於母親的妖力就會回歸己身。」

「原來如此……」凌妙妙喃喃，「難怪暮容兒第一次投奔花折的時候，榴娘建議她把孩子溺死。」

所以在那個大雨磅礡的感知夢裡，撐著傘的榴娘，隔著門縫憐憫地望著跪在地上的容娘，「我早告訴過妳，留著他就是個禍害。」

而暮容兒跪在雨中，語氣雖柔，卻很堅定，「小笙兒是我的孩子，是我的寶貝……」

「暮容兒不捨得殺這個孩子。」柳拂衣低聲道，「即使趙輕歡已經負了她，她仍舊覺得，這個孩子是她的寶貝。」

「她本來想要抱著孩子回去麒麟山的。」他蹙起眉頭，有些遲疑道，「可是路上發生了一些事情，讓她放棄這個打算，再次折回無方鎮。」

凌妙妙沉默了許久，試探著問，「是……船上的紅光嗎？」

根據老頭的敘述，暮容兒在船上被惡人欺凌，忽然間嬰兒放聲大哭，他們想要掐死這個孩子的瞬間，天降紅光，四人同時暴斃。

這個場面，柳拂衣他們不知道，凌妙妙卻不陌生。

在那個感知夢中，慕聲在巷子尾被幾個大孩子壓著欺辱的時候，也驟然爆發出這樣的紅光。在這地動山搖的巨大戾氣之下，他周圍的人都頃刻間死絕，隨即他的頭髮暴長，從雙肩長到了腰側。

這一刻，她大概猜到了什麼，但是沒有說出來。

「嗯。」柳拂衣頷首，「我猜這個時候，暮容兒發現他的妖力加倍，且不為人所控的事情。若是抱他回去，魅女族群可能會將這個危險的異類解決掉，而且這孩子平素跟人無異，需要熟食和熱水。她決定折返無方鎮，自己想辦法。」

「榴娘，大概是一隻饜。」慕瑤接道，「她以吞噬世人的悲苦或者歡樂為生，她開花折的目的之一，就是想收集這些苦難女子的心酸淚水，攢起來然後一併吞掉。

「大妖之間不會深交，甚至多有敵對。」慕瑤嘆息，「我猜想，暮容兒實在是走投無路，才去找了這隻饜。榴娘不想多事，只是勸說暮容兒把孩子殺掉，恢復自己的妖力。

「後來，大概是暮容兒流下了珍貴的血淚送給她，榴娘才答應將她和繈褓裡的孩子留下，加以庇護。」

四名穿著道袍的方士捧著四個半開的盒子，跪成一排。端陽塗著丹蔻的手指搭在盒子上，邊走邊挨個撫摸過去。

她停在第三個盒子前，從中拿出那張軟塌塌的面具，慢悠悠地走到鏡子前。四個方士跪在地上面面相覷，瑟瑟發抖地看著她綴著珠寶玉石的裙襬。

端陽回過頭來，赫然是清冷美麗的另一張臉，她的手指在頰上摸了兩下，淡淡道，「不夠像。」

說著揭下臉上的面具，揉成一團扔在一旁，又拿出第二個盒子裡的面具，在鏡子前小心翼翼地戴好。

方士們顫抖得更厲害了。

先前宮裡傳聞嬌縱的帝姬瘋了，他們還不信。後來又傳聞帝姬好了，不僅好了，還不知給陛下灌了什麼迷魂湯，使得那不喜鬼神之事的天子，大手一揮直接將爹不疼娘不愛的欽天監劃給這個小姑娘。

他們只敢在心裡默默想，現在看來，帝姬不但沒好，還瘋得厲害。好好的，為什麼要換另一張臉？

「真是廢物。」她再度將臉上的面具揭下，嬌嫩的臉蛋被面具牽拉變形，顯得扭曲恐怖。她的動作粗暴直接，似乎一點也不覺得疼。

帝姬栗色的瞳孔在陽光下閃著光，眼裡泛著冷冷的譏誚，「偌大一個欽天監，竟然連一個像樣的面具也不會做嗎？」

「殿下……」一個老頭似是忍無可忍了，有些不服地抬頭，「已經很像了……」

帝姬彎下腰，驟然十分不尊地掐住他的下巴，鮮紅指甲埋進他的鬍鬚裡，驚得其他人低呼一聲，瞠目結舌。

「還不夠。」她的嘴角勾起，冷冷地望著他，話語幾乎是從齒縫裡擠出來的，「我要的是一模一樣，完美無缺，懂嗎？」

「殿下……」內監慌慌張張地從門口跑來，「出事了！」

他在帝姬震懾的目光中驟然停下，嚥了嚥口水，聲音越來越低，「太妃娘娘……遇……遇刺了。」

她一愣，旋即姣好的面孔浮現出冷淡而嘲諷的笑，「……就這麼耐不住性子嗎？」

傳話的內監瞪大眼睛，「您說……什麼？」

「沒什麼。」她微微低下頭，哀婉地將髮梢別至耳後，「本宮說，不必再準備給母妃的糕點了——用不著了。」

慕聲早上出門之後，竟然一去不返，一整天都沒回來。傍晚時候，妙妙惶惶然地跟著柳拂衣和慕瑤去街上找了一圈，沒見到他的影子。

「他可能聽到我們說話了。」柳拂衣下了結論，看看妙妙的臉，頓了頓，嘆了口氣，「讓他靜一靜也好。」

淩妙妙坐在床邊點著燈，一言不發地等到半夜，呼了一口氣，留下桌上的燈，拉開被子躺到床上。打從那次春風一度，他就收了地上的鋪蓋，夜夜睡在她身邊。

往常這人黏人得很，經常將她摟得喘不過氣。她後來找到一個解決辦法——主動抱著他。一旦她主動伸手摟他，他便乖得一動也不動，任她抱著，像床上擺著具涼涼的大型人偶。

今天她的大型人偶丟失了。她一個人躺在床上，感覺寒意從床板滲出，從脊背鑽入布滿全身，蓋著被子也抵擋不住這樣潮溼的涼。

她煩躁地翻了個身，睜著眼睛看著牆壁，感到那霜一樣的寒意彷彿滲進頭皮之下，太陽穴鼓脹脹的，腦袋似乎冷得想要從眼眶鑽出來。

妙妙將手腕搭在額頭上，絕望地想，真沒出息，居然因為找不到黑蓮花而委屈得想哭。

這麼想著時，門微微一動。有人推門進來，輕手輕腳地掩上了門。

她斂聲閉氣，心跳在胸裡怦怦作響。回來了……

地。

慕聲進來，看見桌上竟然點著暖融融的一盞燈，將屋裡照得很亮，不由得愣在原

他悄無聲息地慢慢走過去，拿手在那燭火面前虛虛地摸了兩下，似乎是想藉這一點微光烤烤火，又抬頭看帳子裡的人影，烏黑的瞳孔倒映著暖黃的火光，安靜地看了很久。

妙妙緊張地閉著眼睛裝睡，指尖蜷著輕輕搭在手背，指尖冰涼汗溼。

他站在那裡，像一抹幽魂，讓她擔心自己一動就會把他嚇跑。

一股濃郁的血腥味混雜著門外的冷風，慢慢地飄散過來。

他沒有上床來，只是站了一會，返身出門去了。他在隔間裡打了一桶冷水，在深秋時節脫掉沾血的外衣，整個人泡了進去。他呼出一口白氣，將臉靠在桶壁上，水珠順著他的側臉滾落，漆黑的眸似乎也湧動著波光。

剛才那刻，他差點就被那一盞燈融化了。

可是他又覺得，自己帶著刺骨的寒冬夜色進來，背負著殺意和血氣，對著那樣暖融融的房間和帳子裡安睡的女孩，像種格格不入的入侵。

頭一次這樣憎惡著身上的血氣，憎惡自己周身如大霧壓境的陰鬱。越貪戀她，越厭惡自己。

凌妙妙在提心吊膽的等待中不慎睏了一覺，床角的鈴鐺輕輕一響，她才驚醒。

慕聲洗了澡，換上乾淨的衣服，直到後半夜才不聲不響地爬上床，輕輕地躺在她身邊。只是這一次，他沒有貼過來挨著她，中間留了一個人的寬度，他僵硬地躺在床沿，再翻個身就會掉下去。

怎麼回事？她有些煩躁，手一伸摸到了人，扣住他的腰。

慕聲感覺到她摟著他，一點點地把自己往床中間拉。

空氣中依然瀰漫著洗不去的淡淡血氣，他的眸光一閃，與她在昏暗的燭光中對視，「弄醒妳了？」

「沒睡。」凌妙妙側躺望著他，吃力地把他拉向自己，輕道，「躲那麼遠做什麼？」

少年翻了個身，幾乎將她壓在牆壁與床的直角上，捏住她的下巴，眸光深沉，「不想問我幹什麼去了嗎？」

「還能幹什麼呀。」妙妙任他抬著自己的臉，嗅著空氣裡飄浮的一點鐵鏽味，頓了頓，語氣輕佻，「殺人放火去了吧。」

他忍不住吻在她柔軟溫熱的脖頸上，似乎在急切地尋求慰藉，動作稱不上溫柔，語氣很涼，「怕嗎？」

凌妙妙捧著他的臉，發愁地看了半天，「從你打死水鬼那一次開始，我不就一直在旁邊看著嗎?你現在才問，晚了點吧。」她戳了一下慕聲的臉，笑容有點幸災樂禍，「你又不是第一次做這種事，怎麼這回還矯情起來了。」

少年垂下眼睫。他行走世間這麼些年，張狂自負，手上沾滿妖物的血，殺人也不過是一瞬間的事，從來沒有覺得負罪。

可是，為什麼當她這樣抱著他的時候，他就覺得自己罪大惡極，洗刷不乾淨了?

妙妙見他不僅沒笑，反而越加低落，心裡一陣挫敗。捧著他的臉，在他頰上吻了一下，清了清嗓子道，「我也打死了水鬼呢。」

她眨著眼睛，學著他的表情，誇張地做了個嘴向下瞥的表情，「我也傷心得很。我殺鬼了，怕嗎，子期?」她嗚嗚嗚地假哭起來，「嗯?怕嗎?」

語尾未落，她沒忍住笑了場，像摸小動物般輕快地摸了摸他的頭髮。

少年目不轉睛地望著她，像是發現了什麼新大陸，眼裡似有亮光在顫。

妙妙摸著他的手臂，翻身摟住他，「你好冷啊。」她哆嗦起來，牙齒打顫，「該不會用冷水洗澡了吧?」

慕聲沒出聲，將被子往上拉了拉，蓋住她的背。她將熱乎乎的自己展開，妥妥帖帖地將他抱著，將全身的溫度傳遞過去，「你下次再用冷水洗澡，我就不抱你了，凍死人了。」

慕聲頓了一下，微涼的唇，順著她的脖頸向下吻。淩妙妙覺得，她和慕聲就像是現實版的《農夫與蛇》，她把蛇救活過來，蛇就開始在她的懷裡亂鑽亂咬。

他往下吻到她的小腹，吻越來越炙熱，帶著顫抖的呼吸。手伸到她背後，熟練地將繫帶抽掉。床角鈴鐺開始響動起來。

「你怎麼還下去了……」床上的少女眸光裡含了水色，慌亂地抓了一把，沒抓著，衣服早順遂地溜了下去，「你別……」她的話驟然低下去，變作驚慌的嗚咽。

他的吻迷亂而灼熱，軟綿綿地搭在他肩上的白皙雙腿，腳踝小巧得不盈一握，躁動地晃著，無可奈何。

「子期……子期子期……」

慕聲抬頭向上看，少女臉上潮紅，尾音裡都帶了點慌亂討饒的顫抖。她快不行了……

不知怎麼，這個念頭一出，深重的憐惜和排山倒海的欲念同時出現在他的心頭。他心裡頑劣地想，若是還不停手，會怎麼樣？

她開始掙扎著逃脫，他抓著她的腰，將她壓在原地，還點了一把火。然後，身下的雲朵便顫抖著，化成一攤軟塌塌的水，撈也撈不起來了。

鈴鐺叮叮噹噹地響，他帶著驚奇的心動，將這攤水慢慢地、溫柔地攏起來，又塑成一個她。

轉眼間，迎來了這一年的第一場雪。

窗外雪花飄灑，室內爐子上咕嚕嚕地滾著沸水，妙妙在屋裡也穿上了帶毛領的襖。

趙太妃薨逝的消息從長安傳來時，主角一行人正圍著桌子吃飯。慕瑤和柳拂衣對視一眼，心知肚明，但沒有吭聲。

慕聲側頭看了淩妙妙一眼，她只是筷子停頓了一下，就繼續吃飯。淡定如常地吃滿二兩稻香米，還稱讚慕瑤炒菜的手藝越來越好了。

總之，大家對某個猜測裝聾作啞，最大限度地縱容了最有嫌疑的人。雖然如此，淩妙妙察言觀色，發現慕聲好像不太高興。

他有心事的時候，總是眉眼低垂，一言不發，臉上貌似看不出什麼端倪——可是自從跟他在一起之後，她莫名地獲得一種能力，哪怕他掩飾，還是能一眼看出他不高興。

雖然不太理解，黑蓮花為什麼突然對從前毫不在意的殺人放火產生了抵觸情緒，但是身邊坐著一大朵蓬鬆鬆、沉甸甸的烏雲，她心裡也跟著開心不起來。

柳拂衣伸出筷子，夾走竹籠上放著的最後一顆雜糧饅頭的時候，突然發現對面的淩妙妙滿臉希冀地盯著他。

他猶豫地把移到嘴邊的饅頭移開了，遲疑道，「妙妙，妳是……想吃嗎？」

淩妙妙搖頭，兩隻眼睛亮晶晶的，抱起桌上空空的竹籠，「柳大哥，這個能不能送給我？」

柳拂衣哭笑不得，嚼起了饅頭，「行啊，鋪子裡就有賣的，我明天再買一個新的回來。」

淩妙妙點點頭，在柳拂衣和慕瑤詫異的目光中，心滿意足地把大竹籠抱回房間。

雪花在院子裡的青石板上蓬鬆地積了薄薄一層，像是精緻糕點上鬆軟的糖霜，零星的幾棵黃葉樹枝頭枯啞，沾染一點白。

淩妙妙蹲在院子裡，戴著手套的手拂開一小塊雪，小心地用短棒斜支起竹籠，呼出團團白氣，額頭上沁出一層汗水。

忽然背後一暖，她回過頭去，慕聲在她身上輕輕披了件披風，幾乎將她整個人罩住了。

她站起來回望，雪還在下，小片的被風捲著打著轉飛，大片的黏連在一起飄落下來，像是春天的滿城飛絮。

少年雙肩上落了薄薄的雪花，顯然站在那有一會了。淩妙妙伸手一摸他的衣服，單層的，便將身上的披風解下，踮腳披在他身上，「怎麼穿這麼少呀？給你穿著。」

慕聲捏著披風的邊，漆黑的眼睛望著她，似乎有些疑惑，「我不冷。」

淩妙妙摘下手套，猝不及防地伸出熱乎乎的手摸了一把他冰涼的臉，笑道，「還不冷啊？」將手上的手套扔給他，「給你給你，這也給你。」

見慕聲望著手套發呆，她的手又伸到脖子後，解了幾個帶，將襖子上的毛領子給折了，在他脖子上迅速地一圍。

暗灰色的獺兔毛蓬鬆柔軟，越發襯得他面白唇紅，雙眸黑得純淨，像個粉琢玉砌的娃娃。妙妙歪頭看著，猛地抓著那領子一拉，把他的臉拉到跟前，踮起腳在他的臉頰上親了一口。

慕聲摸著側臉，凝眸望著她，徹底魂飛天際了。

淩妙妙看著他笑，粉嫩的嘴唇像是初春的花瓣，帶著點嬌憨的得意，似乎還有點取笑他的意思，旋即自顧自地蹲下來，在短棒上繫繩子。

「在幹什麼？」慕聲望著她的背影，視線終於落在斜支在地的竹籠上。

倒扣的竹籠上部已經積了一小塊雪，尚未融化的六角冰晶閃著光，竹籠下的地面卻很乾淨。

「捉鳥呢。」淩妙妙邊忙邊輕快地答，拍拍手站了起來，在手上哈了哈氣，「屋裡掛著個空籠子，看著怪嚇人的。」

房間角落的鳥籠大概是宅子的前主人留下的，不知為何沒被收走，孤零零地掛在那裡，落滿了灰。他見過妙妙將它擦乾淨，擺在桌上。

慕聲眸中有些不解，仰頭看了看四方院子圍出的灰濛濛的天空。偶爾有鳥雀飛過，漆黑的一個點，歪歪斜斜的，似乎也被這場雪打溼了翅膀。

他將妙妙的手套揣進懷裡，從袖中拿出幾張符紙，乾脆俐落，「我幫妳捉下來。」

「別用符。」妙妙一把抓住他的手，指了指地面，笑得很興奮，「要這樣捉，這樣捉才有意思。」戳戳他，「快，去廚房抓把稻穀來。」

慕聲看看她的笑靨，收起符紙，聽話地朝廚房走去。

冬天的食物難覓，喜鵲餓得沒力氣叫了。在小雪暫歇之後，垮著翅膀，垂頭喪氣地在牆頭踱步。綠豆大的眼睛四下亂瞟，牠盯著下面的稻穀好久了。

稻穀堆成個小小山，不知道是用來做什麼的，旁邊只有個像草帽、沒生命的東西。總之，好像沒人看著。

牠從牆頭飛下來，開始在院子裡踱步，假裝無意地慢慢靠近那個美食小山。

假山背後，淩妙妙看準時機，把繩子塞給旁邊的人，「拿去，你來拉。」

慕聲驟然被塞了根繩子，回頭看去，旁邊的女孩扒在石洞的縫隙前，像是興奮得豎起一雙耳朵的兔子。

他的睫毛顫了顫，居然有些緊張起來，「我拉？」

「是呀，你拉。」淩妙妙拉著他的衣服將他扯到自己身邊，低聲玩笑，「看準再拉，沒抓到可不行……」

語尾未落，他的手猛地一收，鑽進陰影裡的喜鵲剛叼起第二口稻穀，驚恐地發現頭頂扣下來一個龐然大物。

「喳……」

「抓住了，抓住了！」凌妙妙連蹦帶跳，抓著他的手腕，興奮地拉著他往外跑。她敏捷地蹲在倒扣的竹籠旁，毫不在意裙襬沾上了溼漉漉的水漬，將那竹籠小心翼翼地掀開一個角。

「喳喳……」小鳥看到了光明，猛地往外鑽，慌亂地拍打著翅膀，從她伸出的手背上踩過去，眼看就要掙脫了，妙妙瞪大眼睛，「啊……」

驀聲眼疾手快，雙手一攏，在空中一把將牠攏在掌心，感覺到手裡的活物在拍動著翅膀掙扎。

捏斷過無數頸椎骨的手，不沾血地輕輕包裹住一隻活蹦亂跳的鳥，鳥的翅膀掃在他的手心，野性又帶著餘雪的溼意。

他驟然覺得時空倒轉，好像多年前的那個小孩，終於把生機勃勃、純粹美好的世界輕輕攏在了手心。

那掙扎的觸感，就像是一潭死水中開始慢慢跳動起來的心臟，砰砰、砰砰，雀躍而鮮紅。他的黑眸閃動，望著女孩嬌嫩的臉，許久才啟唇，「抓住了。」

「聲聲乖，喝水。」

慕聲回過頭，一言不發地看著淩妙妙拎著籠子，拿著根細長的狗尾草，專心致志地逗鳥。他出神地看著她，聽著她清脆地喊「聲聲」，臉上的表情複雜，分不清是愉悅還是嫉妒。籠子裡的鳥兒垂著腦袋，就著她的「指點」喝水，似乎不情不願地接受了自己被豢養起來的事實。

這鳥兒一進門，淩妙妙就說要給牠取個名字，眨著眼睛想了半天，點點籠子，非常高興地說，「就叫聲聲吧。」

慕聲驟然怔在原地，詫異地盯著籠子裡的鳥，「為什麼叫聲……」他停滯了一下，竟然吐不出來那兩個疊字，睫毛動了動，臉上泛起一層不自然的薄紅。

淩妙妙偏過臉看他，故意看了許久，杏子眼裡閃著光，似乎在無聲地憋著笑，臉上還是一本正經的模樣，「因為是你抓的，而且牠總是出聲，吵得很。」

他無言以對，只得接受。並且非常不高興地發覺，淩妙妙有了鳥之後，熱情都傾注在牠身上了，屬於他的那份……也被分去了不少。

他的目光落在那隻踱來踱去的鳥身上，含了一絲冷淡的敵意，出口的卻仍是平靜的話，「要養到什麼時候？」

「開春吧。」淩妙妙興致勃勃地看著牠，隨口道，「等天氣暖了，就放牠自由。」

「嗯。」他微微吁一口氣，看鳥的目光柔和了不少。

冬天的第一場雪，尚未蓋滿枝頭就停了。雪融之後，氣溫一日比一日低，連遮蔽無方鎮的大霧，都帶著深入骨髓的寒氣，一出房門，冷氣就往人脖頸裡鑽。

大家沒有要事就躲在宅裡不出門，日子過得格外疏懶。

事實上，這應該是淩妙妙加入主角一行人以來，過得最閒的一段日子了。他們無法主動出擊，更多的時候是在守株待兔。就像十娘子提示的那樣，耐心地等著那大妖最終回歸無方鎮，等著她打上門來。

等待的過程有些無所事事，淩妙妙甚至有種退休養老的感覺——原著裡寫柳拂衣和慕瑤最終攜手歸隱，生了兩兒一女，大概過的就是這樣的日子吧？

入冬之後小動物都愛冬眠，淩妙妙也越發睏倦。可是黑蓮花似乎完全不受干擾，總是在她昏昏欲睡的時候把她弄醒。

清晨，天剛泛出魚肚白，窗上結著冷霜，恰是一天最冷的時候。屋子裡有股清洌的白梅冷香，帳子裡面的香味尤甚，是慕聲衣服上的味道。

淩妙妙裹得緊緊的被子被掀開，裸露在外的手臂霎時起了一層雞皮疙瘩。她打了個寒顫，反手撿起被子想蓋上，他便覆了上來。

「冷。」妙妙望著他的臉，聲音裡還帶著沒睡醒的嬌態。

「嗯。」他捏著她的腰，吻著她嬌嫩的脖頸。吻得像混雜著冰屑的綿軟冰沙，間雜著啃咬，小心翼翼地在上面留下痕跡，眼角泛著克制的紅，「馬上……就不冷了。」

那語氣很軟，簡直是信誓旦旦的哄騙。

凌妙妙想要翻身將他甩下去，沒能成功，一番掙扎倒真的出了一背的汗。

脖子上的血管突突跳動，在他的尖牙利齒觸碰之下，像是踩在刀刃上享受快樂，妙妙本能地向後縮，「你是小狗嗎？」輕輕推開他的臉，飛快地拉上領子，笑著瞅他，「還咬人。」

「喳喳！唧唧！」掛起來的鳥籠左右搖晃，她錯愕地一望，鳥兒在裡面拍著翅膀上躥下跳，羽毛都掉了幾根。她一怔，沒忍住一下子笑出聲，笑得身子都顫了，「看見沒，聲聲都笑你了。快起來。」

慕聲抓著她不放，順手在帳子上彎垂的珠串上一拉，拔了顆珠子下來，臉都不抬「嗖」地彈了過去。

「啪嗒」一聲，隨即鳥兒發出一聲粗嘎的尖叫，即刻便沒聲了。凌妙妙嚇了一跳，伸著脖子仔細一看，那珠子只是撞在籠子底下，又彈了出去，距離「聲聲」只有一指寬的距離。鳥兒縮在角落裡，將頭藏進翅膀瑟瑟發抖，成了一團毛球。

妙妙不知該不該笑，「你打牠幹嘛？」旋即，臉被慕聲強行扳了回來，正對他漆黑的眸，他的睫毛半闔，語氣微涼，「妳看牠幹嘛？」

他熟練地解開她的領子，俯身下去，聽著女孩的悶哼，親吻她的耳垂，又像是在輕輕地撒嬌，「別看牠，看著我。」

「砰！砰砰！」

年三十之夜，無方鎮上空煙花盛放。火樹銀花交錯浮現，整個天空都被光芒、星火和煙霧籠罩。

窗戶半開著，淩妙妙探頭向外出神地看。袖口挽到肘上，雙手支著，手上沾滿了白乎乎的麵粉，明明滅滅的光映在她白皙的臉頰上。

「妙妙，別看了。」柳拂衣一邊擀麵一邊提醒，「快回來幹活。」

慕瑤緊緊挨著他，接過餃子皮，小心地夾了一筷子餡放在皮上，看了一眼戀戀不捨拿手肘關窗的妙妙，低聲道，「讓她看吧，我包就行。」

柳拂衣貼著她的耳朵，輕輕笑，「我是怕她著涼了。」慕瑤將餃子放在盤上，低頭不語，紅了臉頰。

妙妙慢慢走回神仙俠侶身邊，抬眼打量著他們。

一身瀟灑的柳拂衣現在穿著件不太合身的滑稽圍裙，正在擀麵。冰山女神慕瑤依偎在他身邊，雙手沾滿麵粉，正小心地剝離兩塊黏在一起的餃子皮，漂亮的一雙手猙獰得像雞爪。

妙妙忍俊不禁。從前，她總是無法想像這兩人過日子的模樣，到今天她才明白，原來世界上所有人，真是這樣不凡而又平凡地活著。

妙妙靠在桌子邊，包餃子的動作很慢。她壓著麵皮邊緣淺淺地捏一遍，捏成個扁扁的半圓，但在盤上立都立不起來，她扶了半天，還是軟塌塌地倒了下去。

柳拂衣看著她掙扎的過程，搖搖頭，直接了當地嘆息，「妙妙，妳不行。」

淩妙妙深吸一口氣，望著慕瑤面前那盤同樣東倒西歪的餃子，剛想辯解……

柳拂衣含著笑指著慕瑤同樣抖得像雞爪的手，一本正經，「妳看瑤兒包得多好。」

淩妙妙氣急敗壞。恰巧，慕聲從外面回來，身影在門外一閃，淩妙妙跳著腳喊，「子期！」

慕聲被她叫進廚房，站在她身邊。柳拂衣看了他一眼，又盯著盤子笑道，「別掙扎了，阿聲向來也是實話實說的。」

淩妙妙將黑蓮花拉到水槽邊，頭也不回地回嘴，「誰要他說實話了。」

她指指盆，兩眼亮晶晶，輕快地說，「洗洗手。」

少年看了她一眼，順從地洗了洗手。隨後就被淩妙妙拉著帶到案板前，手上被她飛快地塞了一塊餃子皮和一雙筷子，「拿去，你來包一個。」

他眨動著纖長的睫毛，回頭看著淩妙妙，嘴唇動了動，臉上竟然慢慢地浮現出一層薄紅，「我……不太會。」

慕聲有著積年累月照顧姐姐的經驗，幾乎是個生活全才。上至蓋房捉妖，下至打水做飯，無所不通，淩妙妙跟他在一起久了，差點以為他無所不能，可是他竟然不會包餃子。

「不怪他。」

慕瑤接話，看了慕聲一眼，拿手背飛快地擦了擦額頭上的汗，「我們家……沒怎麼吃過餃子。」

甚至沒怎麼過新年。偌大一個家，總是緊緊張張、勤勤懇懇，也冷冷冰冰，不近人情，幾乎沒有絲毫俗世的熱鬧。

「也就吃過一次。」她出神地想，「那是蓉……」她忽然住了嘴，神情黯然地搖了搖頭。

淩妙妙貼在慕聲身後，從他身側艱難地探出頭，左手托著他的手，右手半握著他的另一手，帶著他從盆裡夾起一團餃子餡，放在皮上，「這是放餡。」

柳拂衣看得好笑，「妙妙，妳自己半桶水，還敢教人家。」

淩妙妙咳了一聲，沒搭理柳大哥的譏笑，鬆開了慕聲的手，用手比劃著，「封上，封上就可以了。」

慕聲將餃子皮緩慢地對折。「對對對，封上。」淩妙妙眼巴巴地看著他的手。

他用力掐了邊，咕嘰一聲，餃子餡從後面漏了出來，逕自掉下。

淩妙妙眼疾手快地伸手一接，捧著掉下來的餃子餡，笑得東倒西歪，手肘搭在案板上，人已經蹲了下去。

慕聲本來有些緊張，只是見她似乎異常高興的模樣……那多包壞幾個倒也無妨。

凌妙妙笑夠了，才撐著案板站直，對著柳拂衣無比得意地說，「終於有人比我還不行了。」

慕聲垂著眼睫，揪著她的衣服將她拉到身側，忽然看見她的側臉沾了一小塊麵粉。他的鼻尖貼近她的臉，停頓了一下，挨了上去。

凌妙妙被他親習慣了，沒有閃躲。誰知他這次不知怎麼回事，看上去像是親吻，結果卻在她的臉頰上猝不及防地舔了一下。

凌妙妙被這一下弄得渾身一顫，回頭呆愣愣地望著他，杏子眼裡泛著水光。

妙妙詫異，「生麵……」

「有麵粉。」少年無辜地抹了抹嘴。

「嗯。」

「能吃嗎？」妙妙見他一臉平靜的模樣，有些懷疑自己的常識。思索了半晌，又歪著頭，傻乎乎地問了一句，「好吃嗎？」

慕聲漆黑的眸望著她，顯得異常專注，眼底浮現一點危險的笑，「甜的。」

他甜膩如罌粟花的表情只維持兩秒，還來不及阻攔，凌妙妙已經用指頭蘸著案板上的麵粉，狐疑地伸進嘴裡。慕聲張著嘴，沒能說出話來。

「呸！騙人！」凌妙妙驚叫道。

碟子架著碟子，很快便擺滿了整桌。紅燒蹄膀，清蒸鱸魚……自己做的菜，賣相自然是比不上酒店，可是做了這一桌子，足足花了他們一整天的時間，真正端上桌的時候，倒格外有成就感。

一壺熱酒倒進杯子裡，淩妙妙啜了一小口，熱辣辣的滾燙觸感直入肺腑，些許上了頭，熱淚盈眶。來到這個世界的這些日子，第一次有了家的感覺。

「別喝多了。」慕聲見她眼淚汪汪地看著桌子不說話，頓了頓，將她手裡的酒杯奪下來，一筷子蔬菜塞進她的嘴裡，「壓一點。」

「阿聲你……別那麼緊張。」柳拂衣笑著擺擺手，顯見的有些喝高了，完全無視慕聲不悅的注視，滿臉興奮，「今天高興，喝醉也沒關係。來，妙妙，柳大哥敬妳。」

淩妙妙開開心心地和柳拂衣碰了杯，扭過來，單方面跟慕聲握在手上的杯又碰了一下，才喝下去。

少年手上的杯子被她清脆地一碰，些許酒液濺了出來，他的神情微微一動。彷彿有人清脆地敲了一聲鑼，積蓄起來的那一點醋意，剎那間煙消雲散。他慢慢地將濺在手指的酒擦在嘴唇上。

「柳大哥，你小時候是什麼樣的人呀？」淩妙妙撐在桌上問。她是真的好奇，出場便如神仙人物的男主角，看起來好像沒有童年似的。

「我小時候？」柳拂衣似乎聽到什麼有趣的事情，唇邊綻開一個笑，回頭望了一眼身旁的慕瑤，「告訴妳也無妨。」

「我不像瑤兒長在捉妖世家。我生於市井，家境算不上寬裕。」他笑道，「小時候，我成天爬樹掏鳥窩，躲起來不去學堂，跟著個遊手好閒的道士學畫符，總被我爹抄著棍子追在身後打。」

淩妙妙聽得目瞪口呆。

「他老人家自然打不到我。」柳拂衣笑起來，罕見地露出了少年般得意炫耀的神色，「因為我會上樹。」

連慕瑤都禁不住笑了，用手背遮著嘴，將頭扭到一邊，「少說兩句。」

「後來那個遊手好閒的道士成了我師父，開始正式教我畫符，可是沒幾年就死了。他臨終之前給我一座塔，放我自行闖蕩江湖去了。」他單手摸了摸懷裡的九玄收妖塔，咂咂嘴，「然後就變成你們現在看到的模樣。」

他趁大家還沒反應過來，用筷子「噹」地敲了一下碟子邊，興致勃勃，「瑤兒，妳呢？」

「我？」慕瑤今天多飲了幾杯，臉上也泛起薄薄一層紅，比平日遲鈍一些。聞言倒也沒有推辭，只是有些不好意思，慢慢地開口。

「我小時候過得很無聊。天沒亮就出門練術法，每天畫滿十張符，每隔一個月出門歷練一次。」

慕聲垂眸，沒有抵觸，安安靜靜地聽著，看樣子似乎還聽進去了。淩妙妙悄悄回頭看他，感到很欣慰。

「小時候，爹待我很嚴，要是沒達到標準，就得去黑屋子裡關禁閉。」她喝了一口酒，睫毛垂下來，帶著點淡淡的笑回憶往昔，「沒有爹的命令，誰也不能放我出來。又冷又餓的時候，只有她……」

不知是不是酒精作用，她沒再避之唯恐不及，而是頓了頓，帶著迷離的表情說了下去，「她對著門口的下人又打又罵，提著個食盒闖進來，給我送飯。」

她的神智渙散開，彷彿嗅到那些年溫熱的香氣，有熬好的排骨粥，還有煮好的雞蛋。

那女人看著她吃下去，抱著她哭天喊地捶胸頓足，哭得她的衣服都沾溼了，「誰愛當捉妖世家的家主啊！咱們瑤兒不當了，嫁個好男人不就好了嗎？一輩子舒舒服服的……」

淩妙妙實在按捺不住好奇心，回過頭悄聲問，「她是誰？」

慕聲頓了頓，應道，「白怡蓉。」

淩妙妙詫異，「是蓉姨娘？」

慕瑤來來回回，屢次提及，屢次避諱，忌之如洪水猛獸，連名字都不願意提，只肯稱一句「她」的人，竟然是她的親生母親。

「嗯。」慕瑤聽見笑了笑，心情複雜地重複一遍這個蒙塵好多年的名諱，「蓉姨娘。蓉姨娘，是十八歲時嫁給我爹的。」

那一年，慕家家主慕懷江和髮妻白瑾成婚六年，膝下無子。

兩大世家聯姻，白瑾是嫡出長女，容貌出眾溫柔大度，術法高超，與慕懷江是一對良人。哪裡都好，只可惜白瑾的身體一直不好，難以生養。

白家也是知進退的捉妖世家，怎好讓慕懷江絕後？但讓姑爺娶了外人，肯定不放心的。思來想去，從家族裡挑了個女孩送過去，是白瑾的庶出堂妹白怡蓉。

白怡蓉上上下下，和白瑾天差地別。庶女是沒資格修習術法的，而是像一般女兒家一樣在閨閣裡嬌養長大，大門不出二門不邁，眼界淺短，脾氣潑辣，喜裝飾打扮，好爭風吃醋。簡而言之，是個豔俗的蠢女人。

白家的想法很簡單，白瑾早年練功術法被掏空了身子，後又隨慕懷江四處捉妖歷險，受過幾次嚴重的傷，因此失去了生育的能力——他們就要挑個不會術法、普普通通的女人，只管嬌養在後院裡，生下慕懷江的血脈抱給白瑾養，威脅不到白家長女裝點出的光耀門楣。

白怡蓉的生活，也確實很簡單。她生在後宅，長在後宅，下半輩子也困在後宅。每天對著些雞毛蒜皮的小事斤斤計較，樂此不疲。

用媚態爭寵，與根本不與她一般見識的姐姐爭風吃醋，為一點小事喝斥下人、非打即罵，三天兩頭哭鬧一場，攪得家裡雞犬不寧。

「我不喜歡她。」慕瑤下了結論，淡淡道，「她的脾氣，沒幾個人受得了。」她吸了口氣，似乎不吐不快，「她還對阿聲不好。」

慕聲抬起頭，看了半醉而愧疚的慕瑤，凍結的淡漠目光終於有了鬆動的跡象，「阿姐，不要說這個。」

「慕姐姐……」妙妙疑惑地問，「難道就因為這件事嗎？」

慕瑤搖搖頭，灌了一大口酒，目光漸冷，那一雙總是清淡的琉璃瞳，忽而亮得驚人。

「六年前，我慕家傾頹，三十三口人死於非命，都是拜她所賜。」

妙妙心中一驚，「她……為什麼啊？」

「她是妖。」慕瑤的笑容有些頹喪，「也許是被妖氣沾染，也許是早就修習妖術，也許根本就是偽裝成人的大妖，我也想不明白……」

依稀只記得熊熊大火中升騰起的煙霧，將眼前景象全部扭曲模糊。

女人在烈火中裙襬飛揚，踩著足下累累屍體，臉上沾滿鮮血，蔓延著森冷的笑容，紅唇輕啟，「慕家，這樣才乾淨。」望向慕瑤的眼中，再無欣喜憐愛，只剩憎惡、嘲笑和冰冷的殺氣。

記憶氤氳成一片，奮力回想，只有這短暫的一幕還留存在腦海。

「我就是因為想不明白，想不明白……」慕瑤低低說著，眼淚毫無徵兆地流了下來，攥著酒杯，竟然像個委屈的孩子般掛著破碎的表情，無聲地流著淚，「我恨她，才要找到她。問問她，為什麼？」

柳拂衣嘆了口氣，將有些醉了的慕瑤攬進懷裡，安慰地拍著她的背。

淩妙妙想，這倒是原著裡不曾有過的內容了。滅了慕家上下的那隻大妖，原以為是什麼厲害的角色，沒想到卻是白怡蓉……妙妙的腦子裡一團漿糊，不住地往肚子裡灌酒。

慕瑤依偎著柳拂衣，望著桌上的空盤發呆。

曾經，在漆黑的房間裡，當她提著食盒出現的時候，當溫熱的粥流進肚子裡的時候，當她抱著自己誇張地嚎哭的時候，把頭上金貴的簪子髮飾都拔下來，一股腦地往她的髮間簪、笑著說「瑤兒戴」的時候……

她的留戀與親近，那時候礙於少年人的自尊，都沒有說出來。可是還沒等她長大，忽而就相隔血海深仇，令人心驚膽戰，夜不能寐。卡在嗓子裡的那一聲「娘」，這輩子都不可能再叫出口了。

「砰砰——砰砰砰——」

煙花驟然密集起來，窗戶外面閃爍著忽亮忽暗的光，一時間幾乎能聽見鎮中心傳來熱鬧的人聲鼎沸。

無方鎮是吃喝玩樂的天堂，人們點燃焰火，狂歡至半夜，慶祝新春到來。

屋子裡的氣氛在這樣的熱烈映襯下，顯得有些傷感。燭焰輕輕搖曳著，幾乎沒人發出聲音。

慕聲靠在椅子上，看著慕瑤無聲抖動的肩膀，想起了那個怪誕的夢。夢裡他竟然叫白怡蓉娘，親如母子，多麼的荒唐。

太陽穴驟然尖銳地疼痛起來，少年臉色發白，屈指按住額角，痙攣一般突如其來的疼痛許久才消退。他靠著椅背，有些茫然地轉著手腕上的收妖柄。

無方鎮平靜的外表下，似乎掩藏著惡毒的驚濤駭浪，只要拔開塞子，就會一股腦地湧出來，將他吞沒。

自從來到這裡的第一天，他就有種非常強烈的不安。與之相應的是，夢裡暮容兒那張親切的臉越加清晰，只可惜在那些夢裡，她都是惡毒的姿態，比白怡蓉還要惡毒。

「阿姐，妳還記得她是什麼時候討了爹的歡心嗎？」他端起酒杯放在唇邊一點一點地抿，眸光暗沉，語氣平靜。

慕瑤聽到問話，直起腰，茫然地想了片刻。

最開始的時候，父親不太喜歡白怡蓉。她的勢利和淺俗與這個規矩嚴整、日子平淡的家格格不入。

可是到了後來，突然有段時間，兩個人變得如膠似漆起來。慕瑤不只一次見到她挽著父親回房間，二人有說有笑，白瑾立在一旁黯然地看著，欲言又止。

那個時期的白怡蓉，還是那張尖下巴的臉，鉤子似的眼睛，濃妝豔抹，酥胸半露，卻平白地多了種高高在上的傲氣，這種傲氣主要體現在她栗色的眼睛裡——

睨著人的時候喜歡側著眼，眼尾那個鉤顯得異樣嫵媚，眼裡含著冷淡的笑意，笑意底下，淡漠如冰。

那段時間，她對自己的糾纏少了很多，大鬧的次數也少了很多。也就是那時起，慕懷江忽然正眼瞧這一房側室了，將她抬得位比正妻，日日流連，甚至有點……耽於美色。

可是，怎麼可能呢？慕瑤現在想來，依舊覺得頗為荒誕。白怡蓉那樣的性子……她寧願相信父親被蘇妲己勾引，也無法相信白怡蓉是能動搖父親意志的人。

「我十四歲那一年。」她皺著眉頭，有些猶豫，「有一次，她的房門沒關緊，我從廊上經過，聽見了……聽見爹在她的房間裡。」

她從沒有想過，在外人面前威嚴刻板的父親會有那種時候。透過那個窄窄的門縫，她隱約看見白怡蓉勾著他的脖子，掛在他身上，聲音宛如鶯啼，又酥又媚地嗔怪道，「老爺，我叫蓉娘。」

「蓉娘。」

「嗯，老爺……」她笑著，輕輕側過頭望向門縫的方向，眼裡含著嘲諷的笑，竟是個有些像挑釁的表情。

那個瞬間，慕瑤的心臟猛地漏跳一拍，以為自己的偷窺被人發覺，手腳發涼地跑開了。

她抿著嘴，「她要爹叫她蓉娘。」

從此以後，慕懷江寵愛她，依言叫她蓉娘，在白瑾面前也不避諱。白怡蓉得意的日子就此開始了，直到慕家滅門的那天晚上。

慕聲轉著酒杯，低聲道，「叫……蓉娘嗎？」

他拿起酒壺，再倒滿一杯，心裡不知在想些什麼，沉甸甸的煩亂。

一隻酒盞忽而伸到眼前，淩妙妙的臉頰紅紅的，麂子似的眼睛看著他，有些醉了，聲音軟綿綿的，「我也想要。」

他回頭一望，才發覺她聽著他們說話的一會功夫，無聲無息地把面前那一壺都喝乾淨了，還來要他的。

他們緊挨著坐在一起。慕聲抬手就會碰到她的衣襟，少女髮間溫暖的梔子花香氣混雜著爛漫的酒香，惹人心神蕩漾，先前陰雲般的那些思緒，「砰」地一下便全散了。

他的睫毛輕輕動了一下，繞開她的手，逕自給自己倒，按捺住劇烈的心跳，「妳……已經喝了一壺了。」淩妙妙的酒量算不上好，在涇陽坡一壺燒刀子，就能讓她醉得胡言亂語，再喝下去會成什麼樣子？

「沒有，沒有夠一壺。」妙妙口齒不清地辯解，右手抱住他的手臂，半個身子無意間靠在他身上，急切地有點委屈，「差這一杯才醉。快幫我倒，我渴。」她的呼吸已經吹在他頸側了。

「不行。」他頓了頓，艱難地吐出兩個字，將她的手臂輕輕放下去，不知道是在攔她，還是在克制自己，「渴的話我去幫妳倒水。」

他端著酒壺不放，生怕她有可乘之機。才剛起了身，一扭頭發現柳拂衣直接拿自己的酒壺伸過去，豪邁地給她斟上了，「倒什麼水……大過年的，喝酒！」

慕聲咬著後牙根，「柳公子……」

「謝謝柳大哥。」他還沒來得及劈手來奪，淩妙妙就笑著一飲而盡了。

隨後她還不饜足，飛快地抓起慕聲放在桌上的杯子灌了下去，還意猶未盡地舔了舔杯子邊緣，像隻貪食的貓。

她心滿意足地將兩只空蕩蕩的酒杯拿在手上玩，一會平碰一下，一會杯口相抵，似乎沒覺察到少年正雙眼發紅地盯著她，像是野獸盯緊了活蹦亂跳的白兔。

她還拿著那兩隻杯子，抬起眼，傻乎乎地對他笑，「新年快樂呀，子期。」

驟然數個煙花爆開，窗外一明，姹紫嫣紅，無限星光散落。

這天晚上，妙妙是被慕聲抱回房間的。

不是普通的攔腰抱——由於她醉了之後緊緊摟著慕聲的脖子不放，他以拔蘿蔔的姿勢將她抱起來後，淩妙妙就橫坐在他的手臂上，雙手交疊地摟著趴在他肩頭，任他抱了回去，只露出一雙委委屈屈的眼睛。

慕聲的心思一直在飄，路走得有些踉踉蹌蹌，淩妙妙在他的耳邊呢喃，反反覆覆地叨念，「子期，你喜歡我吧，喜歡我吧……」

「喜歡。」他艱難地騰出一隻手來，安撫地拍了拍她的背，邁進房門。

「別喜歡慕姐姐了，喜歡我吧，喜歡我。」杏子眼裡混混沌沌，額髮都被汗水打溼了，看起來特別可憐，揪著他的袖子不放，又重複一遍，「別喜歡慕姐姐了……」

慕聲這才明白，她這一路上不是在問他，是在請求他。只是她的腦子……莫不是還停留在上次喝酒的時候……

一進門，便將她抱在桌上。妙妙坐在桌邊，像沒骨頭似地東倒西歪，他伸手將她支撐起來，俯視著她的臉。許久，才小心翼翼地幫她理了理額頭上淩亂的頭髮，「已經成婚了……」

他這輩子從來沒有這麼溫柔地說過話，「已經成婚了，妙妙。」

「嗯？」她愣愣地看著他，拖出個長長的鼻音，似乎好半天才反應過來，「成婚了？」

「嗯。」他順勢坐在椅子上，牽起她的手背親吻，不經意洩露出眸中濃郁的黑，「後悔也晚了，妳今生都是我的人。」

凌妙妙呆滯地看著他，不知道在想些什麼，突然抽回了手，反手緊緊抓住他的領子，往自己這邊扯。

她的力道很大，不知道的人從側面看，還以為要跟人打架。

兩人四目相對，慕聲一動也不動地任她扯著。凌妙妙望著他，辨認了半晌，長長地吁了一口氣，「太好了。」

她的眸子動了動，露出一點滿意的笑意，「我等你很久了。」

說完這句話後，她放開手，進入恬靜的入定狀態，微笑著放空。

慕聲一怔，旋即欺近她，眼裡含著一點複雜的光，「等誰？」

妙妙擰起眉，苦大仇深地盯著他。

他的喉結動了動，伸手扳住她的雙肩，將軟綿綿的人放倒在桌上。雙手撐著桌子，將她挾制在他空出的空間裡，湊近她的臉，睫毛下的雙眸漆黑，「等誰？」

妙妙伸手煩躁地揮揮他從臉側滑落下來的馬尾，頭髮被她揮得一晃一晃，髮梢掃在她的臉上，她偏頭躲開，隨意答，「你呀。」

「我？」

「嗯。」她很驕傲地點了下巴，指著他的鼻子，笑得花枝亂顫，「黑蓮花呀，就是你。」

她露出一個神祕而狡黠的笑容，似乎因為有什麼他不知道的祕密而洋洋自得。鬢

髮有些散了，碎髮亂飛，像隻毛絨絨的兔子

他雙眸痴纏，神情變得無辜起來，忍不住用嘴唇輕碰她的臉頰，「為什麼？」

她伸出細細的手指頭點點他的臉，言簡意賅，「像……小白蓮。」旋即又戳戳他胸口，像是小蛇在他懷裡輕輕柔柔地鑽，「芯是黑的……」

她先是戳了戳，又改成揉，好像為心口疼的人紓解疼痛一樣，用力地摩挲他胸前的衣服，摸得掌心和眼眶都熱呼呼的，吵鬧起來，「要黑就黑到底，別逞英雄嘛……」

「唰……」她的話猛然停了，掙扎著伸頭一看，少年垂著兩排柔順的睫毛，扯著她過年的新衣服，把襯裙由下而上，像撕紙似地一點點撕開，殷紅的裙子被捲了上去，凝脂般的腿壓在漆黑的楠木桌上，一陣沁涼。

室內花葉搖動，窗外鞭炮煙花不歇，直至三更。

子夜，宮城內外紅燈籠似火。宮宴開到半夜，觥籌交錯，似乎集中了整座宮城全部的熱鬧。

鳳陽宮內一片壓抑的寂靜，黑暗裡只點著一盞燈，映在無數雙期冀的眼睛裡，是昏暗中一點搖曳的橙紅。

斜坐在燈旁的少女紅色裙襬曳地，懶洋洋地半靠在美人塌上，微光照在她的下巴，肌膚顯出冷而綿的質感，指尖勾著一張薄如蟬翼的面具，從盒子裡拎了出來。

跪成一排的方士，眼睜睜地看著最前頭跪直的人手裡打開的盒子，莫敢言語。

臨近年關，天子忙著處理案頭積壓的摺子，好多天顧不上後宮事宜，欽天監徹底成了端陽的天下。就連過年這種喜慶的日子，她也閉門不出，醉心於試戴面具。

因為沒能讓帝姬滿意，十天裡已經祕密杖斃了五個人。欽天監養的閒人雖多，但也禁不住她這般消耗，何況他們已經打從心底認定，帝姬徹底瘋了。

那一張嬌豔如花的面孔，在他們眼中看來宛如惡夢。

帝姬戴上面具，食指慢慢撫平耳側的褶皺，旁若無人地撫摸著這張全然不同的臉，發出滿意的喟嘆。眼前的鏡子忽然輕輕顫抖起來，她抬起頭，發現是拿著鏡子的瘦削大宮女的手在顫抖。

「佩雲。」她輕輕啟唇，注視著她不自然眨動的眼睛，笑道，「妳說，像嗎？」

佩雲先前病過一次，像是被什麼吸乾了精氣一樣，瘦得只剩下骨架，兩隻眼睛顯得異常的大，惶然看著帝姬，「回殿下……像。」

她饒有興味地站起來，抬起佩雲的下巴，看著她顫抖的嘴唇，「一模一樣？」

「一模……一模一樣……奴婢……幾乎分辨不出。」她結結巴巴地回應。現在的帝姬讓她無端有些害怕。

「很好。」帝姬轉過臉來，琉璃似的栗色瞳孔映著一點光，竟然含著一絲笑意，這樣愉悅的表情出現在這張冷清的臉上，顯得有些不協調。

幾名方士面面相覷，乖覺地以頭搶地，齊聲道，「恭喜帝姬殿下。」

恭喜什麼呢？幾個人心裡苦不堪言地想。趴在地上，只能看得見她拖在地上的裙襬，像是密不透風地蓋在人心上。

「更衣，備馬。」端陽斂了笑容，飛快地朝內殿走去。

「帝姬殿下，帝姬殿下去哪裡呀……」佩雲拉住她，許久才敢勸出聲，「今日……今日是除夕之夜，您沒去參加宮宴，一會……陛下肯定會來問的。」

端陽停住腳步，回首看著她伸出的手，目光又轉到跪伏在地上不敢起來的幾名方士身上，喜怒莫辨。

「對了，差點忘記一件事。」半晌，她緩緩笑了，「諸位愛卿，辛苦了。」

帝姬招招手，鳳陽宮裡的侍衛便圍攏上來，方士們只聽見耳邊銀甲碰撞嚓嚓作響，陰影籠罩了頭頂，他們慢慢抬頭，只看到她微笑的紅唇一開一合，「黃泉路上……做個伴吧。」

太陽還沒升起來，窗外紅葉如火，葉片上掛著清霜，鳥兒的啁啾好似帶著回聲。

柳拂衣起了個清早，和迎面走出房間的慕瑤打了個招呼。

「拂衣，這麼早去哪？」慕瑤有些詫異。

「去鎮上買個新的竹籠。」柳拂衣嘆氣，邊整袖子便道，「我們的竹籠被妙妙抱走，扣過鳥的，想來也不能用了。」

慕瑤想起那個畫面，忍俊不禁，蜷起手指抵住嘴，維持住面上的平靜。

「瑤兒，一起去吧。」柳拂衣望著她笑，自然地伸出了手道，「他們還沒起床呢，指望不上。」

慕瑤的臉有些紅，明知道沒有人，還是做賊心虛似地左右顧盼了兩下，隨即飛快將手搭在他的手上。

柳拂衣清俊的面孔笑意加深，握住她的手捏了捏，牽著她出了門。

過年期間，鎮上的手工小鋪關了大半，只剩一家還開著，沒什麼生意。

老闆娘有些心不在焉地趴在櫃檯，有一搭沒一搭地編竹筐。就連柳拂衣彎腰拿起地上擺的竹籠挑選時，她都沒有抬眼。

「給妳看看。」柳拂衣說著把竹籠遞給慕瑤，語氣很輕，像是小孩看到好東西，在向同伴炫耀。

她搖搖頭，隨即不好意思道，「我……我也不會挑。」

柳拂衣笑了一聲，把竹籠放回去，「都是圓的，沒什麼好挑的。」

店鋪只有兩三個開間，很是狹窄。前面是櫃檯，拿屏風簡陋地隔開，後面便是臥室了，偶爾會閃現出男人抱著幾個小孩經過的影子。

慕瑤環顧四周，店內擺設都極其陳舊，屋頂破了幾個洞，下面擺著接雨水的缸子。

想來是家境實在潦倒，新年也不得休息。

柳拂衣也看出了這一點，挑好竹籠，付錢時多給了一塊碎銀，溫和地笑道，「多虧這家店開著，否則不知道要去哪裡買竹籠了。」

老闆娘綻開一個驚喜的笑容，頻頻道謝。

「娘！」一個小男孩繞過屏風，光著腳噠噠地跑到櫃檯前，懷裡抱著個打開的盒子，「我可以從裡面拿點錢嗎？」

木頭盒子裡裝著些小玩意，底層是碎銀，還有幾顆珍珠，大概是貴人遺落下的衣服綴珠，一路跑過來，嘩啦啦作響。

盒子裡的東西對他們來說顯然是極其珍貴，老闆娘的臉色剎那間變了，搶過盒子寶貝地抱在懷裡，斥道，「死小孩！誰讓你拿著它亂跑。」她罵了孩子幾句，伸手欲扣上盒子。

慕瑤無意間低頭一瞥，轉身欲走的腳步霎時頓住了。

「怎麼了？」柳拂衣一回頭，就看見她的眼睛直勾勾地盯著盒子裡，臉色有些發白，「瑤兒？」

慕瑤幾步走過去，有些失態地看著豎著擱在盒子邊緣的一張紙。黃紙只露出一角，角上畫著有些褪色的複雜圖騰。

柳拂衣順著她的目光看了半晌，反應過來，那個圖案……

她伸出手指著盒子，「那個，我可以看看嗎？」

老闆娘望著她，狐疑地將那張牛皮紙抽了出來。原來那張紙有點厚度，是個信封。信封顯得有些年頭了，邊角黃而脆，透著光看好似乾枯的落葉。

慕瑤緊緊盯著信封上畫的圖騰，「這是我慕家的家紋。」

「啊。」老闆娘瞇起眼睛，似乎是想了半晌，「妳姓慕嗎？」

慕瑤抬起頭，急切道，「我是慕家現在的家主，我叫慕瑤……」

「不。」老闆娘搖搖頭，「我不認得。」

她費力地想了半天，「這封信是被退回來的，大概六七年前。有一個姓白的外鄉女人，長得很漂亮。」她比劃著，「她在這裡待了好幾天，似乎是在找什麼人。

「她聽說我家丈夫在碼頭做工，可以幫人帶信，就在我這裡寄了兩封信。一封送給姓慕的，一封送給……姓白的，大概是娘家。

「姓白的，這個。」她指著信，「沒送出去，又被退回來了。退回來的時候，她已經走了。我本想打開看看，可是打不開，便一直留著。」

信上的慕家家紋，既是震懾也是封印，密封了信封，內容絕密，不可為外人所知。

六七年前，豈不就是……滅門前夕？白瑾竟然在那個時候來過無方鎮。

慕瑤張了張嘴，嗓音乾澀，「白瑾……是我母親。」她伸出手，「可以……可以給我看看嗎？」

她的指尖放到信封上，微光一閃，家紋便消失了。慕瑤和柳拂衣對視一眼，顫抖著手，抽出信紙。

父母大人親啓：

女白瑾至無方鎮，未有怨女蹤跡。

思及近來家中之變，頻感不安，怕與怨女相關，此乃早年種下之因果。

入秋以來，咳血嚴重，恐時日無多。留信於父母兄長，以備不測。

第十八章

因果

HEILIANHUA
GONGLYUE SHOUCE

面前一個誇張漏斗形狀的扁大碗公，碗裡是剛起鍋的湯麵，熱氣騰騰，氤氳了男人的眉眼。

長安酒肆中人聲鼎沸，雕窗裡漏出幾縷暖黃的日光，斜打在凹凸不平的桌面上。

慕懷江埋頭吃麵，在蒸氣中一聲不響地解決掉整碗，抬起那雙凌厲的眼，「阿瑾，再吃些？」

白瑾只吃幾口便沒了胃口，輕聲道，「我吃飽了。」

腰上掛著的兩只黃銅鈴鐺，躁動地響著。從甫坐下就叮鈴鈴地響到現在，只是埋沒在大廳的人聲鼎沸中，不太明顯。女人伸手壓住顫動的鈴鐺，眉宇鬱結。

慕懷江抬眼一瞥，「又是西邊？」

「輕衣侯府。」

二人沉默半晌，慕懷江將筷子用力擱在碗沿上，沉吟，「她？」

二人從無方鎮一路追到了長安。

小鎮上的秦樓楚館被一把火焚燒得乾乾淨淨，死人的焦臭味數十天飄散不去。死的還有一隻魘，廢墟裡妖氣沖天，整座城鎮上方都籠罩著一層薄薄的紫雲，簡直像是點著了的烽火臺，將有點名望的捉妖人都引到這裡。

大妖內鬥是它們自己的事，可若牽涉到為數眾多的無辜凡人，就必然引得捉妖人出手主持正義了。

慕氏夫婦兩強聯手，自然拔得頭籌。因有法器鎮魂鈴的提示，順著那稀薄得近乎沒有的妖氣，最先追來了長安。

「可能。」白瑾低垂眉眼，細瘦的手指蘸了點茶水在桌上描畫，「花折，宮中方士，輕衣侯。」

她直直看著桌上水漬，吐了口氣。

二人最初揣測這大妖殺紅了眼，恐怕惹得長安城內大亂，然而現在看來，此妖並非漫無目的，亂的只有欽天監和輕衣侯府而已。

輕衣侯遠離政事已有兩年，夫人是京中貴女，賢良淑德，育一子一女，本是令人欽羨的權貴家庭。只是入秋以來，先是夫人受驚墜馬，昏迷不醒；小女孩憑空走失，滿城難覓；男孩莫名其妙七竅流血，大夫診脈，竟說是中了砒霜。

一樁兩樁，還能說是人為，四五件事同時——

早有敏銳的道士察覺妖氣，前來鬼畫符，留了桃木劍。

輕衣侯是今上寵妃趙氏的胞弟，地位非比尋常。欽天監的方士知道他招了妖，一股腦地湧來作法，各種鎮邪之物，幾乎將輕衣侯府圍成個鐵桶。

輕衣侯自然很是不高興。他要的是永絕後患，而非被動地防禦。可是妻兒之事已令他焦頭爛額，整日忙著給中毒瀕死的小兒子找名醫診治，暫時顧不了那麼多。

這來無影去無蹤的妖，就像是怨鬼，又或是凶猛的瘟疫，就此傳染到了宮中方士裡。每隔一日，便有方士身患疫病被隔離，欽天監一時人心惶惶。

「欽天監不識前因後果，我們卻是知道的。」白瑾慢慢擦去桌上的水漬，「此妖以無方鎮為起點，就是直奔宮中權貴而去。

「聽聞，無方鎮曾有一貌美驚人的女子，懷孕生子之際被丈夫拋棄，隨後消失。我們那日去，又聽說花折裡有一女名容娘，美豔絕倫。」白瑾的眉頭微蹙。

「嗯。」慕懷江抬起頭，言簡意賅，「我和妳想的一樣。」

「輕衣侯六七年前在無方鎮待過數年，趙妃多有隱瞞，難保他不會在那裡另有妻室。」慕懷江的語調很平，幾乎不帶任何情緒。

他從懷裡掏出些銀兩，擱在桌上，「背叛，情殤，報復……」他笑了笑，志在必得，「容娘。」

白瑾眼中愁緒濃重，「想必是趙妃派遣宮中方士去無方鎮，強拆了輕衣侯和這容娘。」

「自作聰明。」慕懷江斂眉，面上流露出一絲輕蔑之色，「蠢貨。」

人妖相戀不過一生，說到底只耽擱這一個人。妖的愛，人能承受得起，妖的暴怒與怨恨呢，又要拉上多少其他人作陪？這趙妃，未免自視過高。

二人一陣無言。慕懷江忽然抬眼，指尖敲了敲桌子，思忖，「放火，下毒，恐嚇……妳說此妖為什麼不出手？」

「按鎮魂鈴的反應，她確實妖氣稀薄……恐怕不是故意不出手，而是不能。」白瑾摸著腰間震顫的兩只鈴鐺，「真是弱到了此種程度……」

只好將人陰毒的那一套全學了。看似神龍不見首尾，其實不過是躲在陰處，借勢與他們捉迷藏罷了。

「我總覺得，此事沒那麼簡單。」慕懷江沉吟，「阿瑾，妳說女子被丈夫拋棄，負心情郎另娶，最恨的應是誰？」

「應該是這個負心之人吧。」白瑾有些不太確定地答，「畢竟，再娶的新婦，也是無辜的人？」

慕懷江無謂地笑了笑，「那妳說，她怎麼還不動輕衣侯？」

「難道是仍念舊情……」

「不可能。」男人打斷她，「若是真念舊情，就不可能毒殺他的兒子，弄丟他的女兒。」他敲桌子的手微微一頓，「她是在等。」

「等？」

「等待時機，一擊必殺。」

白瑾的神情一凜，渾身上下的汗毛都豎了起來，「對了，輕衣侯從外求藥回來，午時前後要入城門，若她在輕衣侯府……」

慕懷江頷首，站了起來，「走。我們這便去會會她。」

輕衣侯乘七香車過安定門，內監照例在前面以尖細的嗓音開道。

不喊還好，「輕衣侯」三字一出，城內的百姓便如同潮水般湧來，將街道圍得水泄不通。

斷後的車隊舉步維艱，一隻細瘦的手掀開簾子，露出了白瑾憂愁的臉，「怎麼這麼多人？」

放眼望去，只能看得見七香車上支起的軒篷，綴下的流蘇左右搖擺。車一次只能走半步，幾乎是在原地搖晃。

白瑾坐立難安，將衣服角都抓皺了。環境實在雜亂喧鬧，即便是輕衣侯死在密閉的車裡，一時也不會有人發覺。多停留一分，就是給那妖物一分可乘之機。

慕懷江沉吟，按住了腰間的法器，「不等了，過去。」

陽光從他掠過的袍角溜走，餘光瞥見側邊幾個癩頭小乞丐湊成一堆，穿著辨不清顏色的髒衣裳，對著地上破了口的碗淌涎水，用髒兮兮的手爭搶吃食，才不管來的是什麼權貴，看都懶得看一眼。

慕懷江的神色玩味，眼角劃過一絲輕蔑，這倒是真的不慕榮華。

白瑾停在軒敞的車前，衣袂擺動，出神地望著那些乞兒爭食，緊皺眉頭，「容娘有個孩子吧？算算年齡，今年也該七歲了……」

「哼。」身旁男人輕笑一聲，不以為意，「那兔崽子……」

「喀噠。」車內一聲輕響，什麼東西撞在了車輪上，骨碌碌地從華錦簾子裡滾落，摔在了地上，折射出刺目的日光。

是隻玳瑁貔貅。二人對視一眼，猛地飛身而上，掀開簾子——

車內詭異的香氣撲面而來，卻不是女子身形，而是個六七歲大的小兒。赤著腳，雙腿懸空地坐在桌板上，黑髮披散，眼睛是空冥冥的黑，倒映出兩點紅光，殺意肆虐。紅光映得整間車廂彷彿沐浴在火光中，鎮魂鈴猛地大作，直牽得白瑾的衣角上下動搖起來，「叮鈴鈴鈴鈴……」

女人瞪大眼睛，「這是……」

慕懷江鑽進車廂，法器快速出手，撞在那男孩胸膛上。他畢竟年幼，被打飛出去，攻擊被猛然截斷。輕衣侯雙手捂著脖頸，慘白著臉咳嗽起來，半個身子趴在桌上，黑髮披散整個桌面。

慕懷江一抓，直接將那凶獸似的男孩雙手反剪壓在地上。他像是被扔上秤的魚，仍然在拚命掙扎，只是紅光已消，他的力道彷彿瘦弱的小貓，一用力就能折斷他的脊骨。

白瑾的冷汗沾溼後背，和慕懷江對視一眼，都看見了彼此眼中的詫異。能讓鎮魂鈴如此躁動，除非天生地長之大妖，但眼前這小東西顯然不是。

「半妖。」白瑾乾裂的嘴唇做了個口型。

慕懷江的臉色一沉。什麼東西誕下的半妖，能有如此可怕之力？

「魅女。」他喃喃，冷笑起來，「是魅女。」

原來如此。本就不是什麼角落鼠輩，而是因為誕下這個兔崽子的緣故。

如若當初那個報信的方士沒死透，他甚至想將其挖出來補一刀。

魅女與怨女同體而生，豈是捉妖人輕易惹得了的？那是永夜之黑暗，無孔不入，擺脫不了的黑色夢魘。

他低頭看著那伏在地上的小兒濃密的黑髮，頭髮似乎倒映出礦石般的冷光，臉色略微好了些。

「我以為她有什麼樣的絕招，原來，這就是她的底牌。」

這個小的，是她放飛的風箏，送出的棋子，全憑她調遣。是她手握的快刀利刃，關鍵時刻擋在前面的傀儡。現在不就替她擋了一難嗎？

好在，猛獸輸於年幼。男孩細細的手指在地上痙攣地蜷起，指甲的形狀圓潤。

白瑾回頭望了一眼驚魂甫定的輕衣侯，頓了頓，神色複雜，「我們是一路追隨妖氣而來，讓您受驚了。」

「無礙，多謝二位出手相救。」輕衣侯鬆了鬆領子，脫力地靠著車廂，嫌惡地看著地上那小小的一團，語氣淡漠，「既是如此，還等什麼。何不將這妖物殺了？」

白瑾瞪大了眼睛，辯解，「殿下，這個不同……」

「怎麼不同？」他狹長的眼波瀾不驚，睫毛半闔下來，「殺了便是，省得再出來作祟。」

「您真的不認得嗎？」白瑾蹙眉，「這是您的骨血……」地上那小兒猛地一顫，掙扎著抬起頭來，秋水般的一雙又大又亮的眸，驟然間撞入他的眼。眼尾上挑，倒映著瀲灩湖光的美麗眼睛。

太陽穴鑽心一痛，他猛地扶住額頭，一陣眼冒金星，「胡言亂語，本侯一生最厭惡妖物，怎麼會跟他有半分聯繫。」

白瑾和慕懷江對視一眼，心下寒涼，是忘憂咒。對普通人下忘憂咒，強行篡改記憶，當真兵行詭道……一旦記憶恢復，一命嗚呼也不是沒有可能。

白瑾還想再辯，慕懷江扯了扯她的衣角，「大人恕罪。這個孩子，不能殺。若是殺了，容娘的力量回歸本體，那才是惡夢。」

「那便移交欽天監。」他說著便揚手，「來人——」

「也不可。」白瑾脫口而出。

「為何？」輕衣侯神色不悅，尤其是白瑾方才潑了他一桶髒水……他的語氣越加咄咄逼人，「你們捉妖人，難道不是以除魔衛道自居嗎？他差點便要了本侯的命，難不成要破例徇私？」

白瑾的神色微微一動，從懷裡拿出一塊玉牌，不顧慕懷江阻攔的眼色，將玉牌遞了上去，「大人，我願以慕家玉牌為交換，請您同意我們將他帶回慕家處理。」

輕衣侯的神色淡淡，不太明白他的意見為什麼無足輕重，但他府邸現下被妖魔纏繞，確實需要這塊玉牌。

他整了整衣袖，疲倦地閉上了眼睛，「那便帶走。」

「老爺……老爺！」白瑾追上去，她抱著瘦弱的男孩，走得氣喘吁吁。

孩子襤褸的衣裳前後都貼滿定身符，像隻被抓住的刺蝟，瞪著一雙怨恨的眼睛，眼中滿是警惕。

慕懷江走得飛快，神色淡漠，「扔到地牢裡關起來，若她還想要這張底牌，必定會上門來救。屆時妳與我設七殺陣等待，將她殲滅。」

「我剛瞧過了，老爺……」白瑾打斷他，額頭上一層細細密密的汗水，眼裡泛著微弱、希冀的光，「至陰之體。」

慕懷江站定了。他明白了她的意思，微微側過頭，「妳是為了瑤兒？」

這個承載著全家希望的女孩，偏偏有個妖魔覬覦的殼子，意外劫數，防不勝防。

就像根細弱的豆苗，還沒長大就被害蟲啃壞了。難怪她剛才不惜耗費一塊玉牌，也要將人帶走。

「你我護不住瑤兒一輩子……」

他猶豫了一下，對上那雙帶著殺氣的漆黑眸子，仍然有些本能地抵觸，「那也不行。」誰會將一隻老虎當貓養，不畏養虎成患？只是想到慕瑤……

「因勢利導，見機行事，不是老爺教我的嗎？」白瑾的雙眸極亮，「只要他不死，怨女便無可奈何。這張底牌握在我們手上，為我們所用，難道還不夠好嗎？」

慕懷江捏住小孩的下巴，他的眸中泛著冷意，「下了忘憂咒，他就一輩子都是瑤兒的死士。」

白瑾終於露出一點笑容。

「你叫什麼名字？」她輕輕將冰涼的手搭在他雪白的額頭上，他的頭枕在她胸口，嗅得到女人身上飄出的淡淡藥香。

這樣溫柔地被抱著，他黑潤眸中的殺意便像浪潮般消弭於無形，露出一點小動物似的天真茫然。

「我叫暮笙。」他開了口，是瑤琴般的聲音。

永夜為暮，離歌為笙。冠母之姓，生而代表了全部的離別和怨懟。

「真是巧呢。」白瑾苦笑著，聲線溫柔，「我們家也姓慕，從今往後，就叫慕聲吧。」

「唧唧……唧唧……」

掛起來的籠子左右搖擺，鳥兒拍著翅膀從橫杆上落下，歪頭望著空空如也的食槽，腦袋轉來轉去，綠豆大的黑眼睛裡充滿疑惑。

天邊剛剛泛起魚肚白，淩妙妙隱約聽見這細微的聲音，掙扎爬起身，瞇著眼睛坐在床上。

依靠強烈責任心的支持，在寒冷的冬日清晨，捏著自己的虎口清醒一會之後，她輕手輕腳地爬向床邊，準備跨過床上的人，下去拿稻穀。

「怎麼了？」少年扭頭望著她，眼中含著柔潤的水色。

「餵鳥。」妙妙披上外衣，臉睡得紅撲撲的，還蒸騰著熱氣，低聲道，「你看牠都叫了。」

等了半天，不見人有動作，她推推他笑了，「讓一讓。」

慕聲沒有放她過去的意思，凝眸望著她，「睡吧，一會我來餵。」

「信你才有鬼。」淩妙妙低頭對他做了個鬼臉，繫好衣裳，手腳並用地跨過他。

慕聲柔順地平躺在那裡，一動也不動，乖乖地放她跨過一條腿之後，猝不及防伸手，牢牢箍住了她的腰。妙妙因此被迫騎在他身上。

「你讓我過去。」淩妙妙跪在床上，拿手支撐在他的身側，被這個進退維谷的動作拉得大腿根疼，右手拍著他放在腰上的手。

慕聲抓著她不放，一本正經地說著別的事，「昨天守歲了。」

「哦。」淩妙妙眨著一雙茫然的杏子眼，思考了半天才反應過來。

他的意思是昨天熬了夜，今天理應多睡一會，倒是會講歪理。

「你睡你的。」她把他的手臂往下拉，真誠地保證，「我也不起床，餵完就回來睡回籠覺。」

他不言語，就那樣用一雙含著水色的眼睛望著她。

「真的。」淩妙妙被他盯得額頭冒薄汗，挫敗地看了他半天，「那……那你讓我回去。」

不餵就不餵，回去躺著總行了吧，她膝蓋都痛了……

「妙妙累不累？」她感覺到他箍著腰的手往下壓，慕聲的眼眸烏黑，睫毛動了動，滿臉無辜地望著她，輕輕吐字，「坐啊。」

她頑強地堅守陣地，手腳並用地往外逃，「不行，不行……我很重的！」睫毛飛快地眨動起來，滿臉嚴肅地恐嚇，「會把你的肚子壓扁。」

她飛速地扯他的手，不慎在他手背上抓出幾個淺淺的白印子，「快……讓我下去。」

他抱著她，像是推音量開關一樣，輕巧地抓著她往後推了一點，再向下壓，「不會。不信妳試試？」妙妙像是踩到陷阱的貓，瞬間全身的毛都豎了起來。

「唧唧……唧唧……」鳥兒蹦了兩下，發現自己的叫喊徒勞無功，便無力地縮到角落，悲傷地用喙梳理起自己的羽毛。

淩妙妙放棄掙扎坐在了他身上，抓著他的衣角扯了扯，像是抓著套馬的韁繩。

「年輕人吶，怎麼就不聞雞起舞練早功呢？」她盯著他，語氣沉痛，「你再這樣，大好光陰都荒廢了……」

慕聲的眸子都半闔起來了，垂下纖長的睫毛，手有一搭沒一搭地撫摸她的腰側，舔舔嘴唇，看上去愜意得很。妙妙無言以對。

「叮——叮叮——」

久違的系統提示集中出現在腦海，急促的提示音一聲蓋過一聲，轟鳴的餘音在太陽穴內震顫。

妙妙已經很久沒有收到通知了，久違地聽見機械的系統聲音，恍若隔世。

「系統提醒：任務一，四分之四進度現在開始，請宿主做好準備。

「系統提示：恭喜宿主，攻略角色【慕聲】好感度已達九十九%，已到達通關前夕。請再接再厲。

「系統提示：觸發任務二優秀任務獎勵，獎勵內容【鑰匙】，請宿主儘快使用。提示完畢。」

重疊在一起的聲音過後，一切重歸風平浪靜。依舊是冷嗖嗖的冬日早晨，半垂的帳子圍攏出一方安全封閉的空間，安穩得像是什麼也沒有發生。

淩妙妙半天沒能回過神來，直到感覺到自己下意識握緊手裡多出的一個硬質東西。

她攤開手掌一看，是一枚小小的不規則厚玻璃片，將她蜿蜒的掌紋放大了。

「系統給錯了吧？」妙妙丈二金剛摸不著頭腦，「鑰匙……這不是回憶碎片嗎？」

沒有得到回應。她嘆了口氣，小心地看一眼閉著眼睛的黑蓮花坐騎，攏起手掌，準備將它輕手輕腳地收進懷裡。

那小巧光滑的玻璃片在她翻過手掌的一瞬間，不慎從手裡滑了出去。

妙妙倒吸一口寒氣，伸手在虛空撈了一把，沒能抓住。她瞪大眼睛搜尋，本該掉在床上的回憶碎片就好像掉進海裡的一滴水，瞬間消弭於無形。

她僵坐著，腦子裡空白了兩三秒，迅速在被褥間摸索起來。

摸過了兩側，摸到了慕聲身上，手腕冷不防被他反手一抓，緊緊攥住。少年的眸子裡帶了點舒適的迷離，好像剛被順過毛的貓。

他一手摟著她的腰，另一手將妙妙的手拉到唇邊親吻，極盡纏綿。

凌妙妙坐立難安，「不是，我找東西。」

他頓了頓，終於一傾身子，放她從腰上下去，「找什麼？」

「你別動……」妙妙急忙伸手按住他的肩膀，「你躺好，小心刺到。」

她用手臂粗魯地挽了一下滑下來的髮絲，瞪大眼睛看著床。剛才那塊碎片好像一隻滑溜溜的小魚，鑽了出去……難道回憶碎片掉了，就會像落地的露水，直接消失嗎？

她感覺到額頭上出了一層汗，手從兩側拍打過來，直摸到他身上。慕聲乖巧地一動也不動，她像搜身的保全一樣快速摸過他的衣服。

等一下……她的手僵住了，慢慢摸回他的胸膛，又伸手壓了壓，頭皮發麻，渾身的血液霎時倒流。

慕聲感覺到她的手忽然間急切地從領子鑽進去，指尖上還帶著冰涼的冷汗，摸在他的胸膛上。

冰冷光滑，像是摸到了無生命的一塊頑石。凌妙妙的指尖觸到鏡面般表面的瞬間，感受到了被蓋在其下的隱隱心跳，像是冰封的微弱火焰。

嵌……嵌進身體裡了……她感覺自己好像被瞬間凍成一座冰雕，牙齒都在打顫，「你有感覺嗎？」

她的聲音有些異樣，慕聲抬頭一看，發現少女的臉色灰白，心中也跟著嚇了一跳，「怎麼了？」

她的手覆蓋在他胸口，帶了點哭腔，「沒有感覺嗎？」

「什麼？」他伸手去握她的手，碰到她的那一瞬間，天地驟然褪了顏色。

眼前的世界彷彿被拉扯變形，破開一個大洞，旋即碎成片片雪花。

雪花飄落下來，像流星拖著長長尾巴，極緩慢地漸變作透明的雨。

雨絲纖細狹長，斜斜織著。撐開的紙傘上繪有點點紅梅，被雨水氤氳開來，傘面是淡淡的粉，從半空中看，像極了一朵開在山崗上的花。

這朵花沿著黝黑蜿蜒的山路，慢慢移動著。

握傘的手蒼白纖細，十指的丹蔻紅得逼人，像是雪白皮膚上的幾滴鮮血。

她的腳步很穩，卻透露著急切，徑直踩過幾個水坑，裙襬都被濺起的泥水沾溼了。

滈河在側，她沿著支流走，水面上映出她的一點倒影，紅裙，蒼白的下頷，和斜支出的傘骨。無數小小水花將她的影子拆解扭曲，又迅速重聚在一起。

彷彿被地上的風拖住腳步似的，她走得越來越慢，呼吸越來越重。

終於，她駐足在河岸邊。在長滿青苔的大石上緩慢地坐了下來，傾頭往河水中看。

河面倒映出女人的臉，被水花打得模糊不清，似乎含著惡毒的笑意，「自以為是。」

她低眸看著她，自嘲地一笑，不作他言。

倒影中的她又開口譏笑著，彷彿那不是虛幻的倒影，而是被困在水中的魂靈，「真可憐，妳也不過撐這一時半刻。」

雨勢越來越大，水面上濺起一層細密的白霧，雨水順著傘匯成小溪，「嘩啦啦」地澆在石頭上，她額角的頭髮都被沾溼了，貼在白皙的臉側。

她的纖纖十指扶住旁邊的大石，勉強支撐著起身，手指幾乎因用力而變形，「放我走。」

水中的影子在漩渦中幾乎看不清楚面目，「我巴不得他死。」

她輕笑一聲，靜靜盯著水面，似乎含著一點嘲笑。握著傘的手輕輕顫抖著，半晌，她才開口，「妳活著的一天，他們就不可能讓他死。」她再次撐起身體，語氣柔和，卻含著孤注一擲的意味，「所以啊，妳與我，都必須試一試。」

「二夫人，別等了，老爺不來了。」丫鬟兩手閉上門，忐忑地拖了半天，才回過頭來小聲道，「老爺和夫人這兩日都在忙……」

白怡蓉的笑容褪下，握在手裡的梳子「匡啷」一聲砸在鏡子上，鏡面顫動起來，鏡中人的紅唇刻薄地翹起，「忙，一年到頭都忙！」

「二夫人……您別擔心。」丫鬟小心地望著她，「還有……還有大小姐呢。」

白怡蓉冷笑一聲，「大小姐……妳懂什麼。」她滿眼複雜地看著鏡中人，輕輕地拍了兩下自己的臉，「妳以為我靠什麼留到現在？還不是因為瑤兒。」

手指煩躁地撥弄著妝奩，「瑤兒畢竟是個女孩。姐姐生不出，老爺到底還得靠我生一個帶把的，我努力了這麼多年，多少苦藥偏方都吃了下去，現在倒好……」

她斜睨著丫鬟，恨恨道，「他們在外頭撿了個現成的！往後這個家裡，還有我的地位嗎？」白怡蓉飛快地站起身，踢開凳子，急急地往外走。

「二夫人您去哪？」

「去看看那兔崽子究竟是什麼寶貝，害得老爺做了大善人。自己的孩子不要，偏幫別人養孩子！」

丫鬟緊趕著幾步跟上了，拉住了她的手臂，「聽說……老爺和夫人也不怎麼喜歡他。」

「不喜歡？不喜歡還讓他姓慕，還讓瑤兒叫他弟弟……」

兩人拉拉扯扯地到了菡萏堂門口，便被門口守著的家丁擋住了，「二夫人，老爺吩咐過，不能進去。」

「憑什麼不讓進？」她伸著脖子往裡看，錯覺間聽見裡頭傳來了好幾個人的驚叫。

打量四周，本來格局通透的菡萏堂，窗戶上都貼了黑紙，把裡面封成一間黑漆漆的暗室，越發顯得神祕而古怪。

「二夫人。」他壓低聲音，似乎有些為難地與她打商量，「裡面這個剛施了忘憂咒……」他頓了一頓，「出了、出了點問題。您應付不了，還請回吧。」

白怡蓉瞪了一眼封住的窗戶，不大情願地點頭。

「二夫人……」回頭走到一半，丫鬟一驚，眼看著白怡蓉拐了個彎，從叢竹掩映的小道繞回菡萏堂後門。

「別吵。」她撥開樹叢，接近聯通室內的一扇矮窗，「我偏要看看那個兔崽子長什麼模樣。」

去。

「二夫人，二夫人！」

她不顧急得跳腳的丫鬟，將外面浸了黑墨和桐油的紙張輕輕撕開一個角，湊了上去。

屋裡有光，暗紅色的光縈繞滿室，家具上彷彿被潑了一大桶血，妖豔詭異。一縷陽光正巧透過掀起的那個角照了進去，驟然照亮角落裡的一張臉。

入眼是烏黑的一雙眸，眼尾上挑一個小小的弧度，染著誘人的嫣紅，眸中彷若流動著水光。這樣的一雙眼睛，綴在雪白的小臉蛋上，彷彿一對寶石。男孩只穿了件有些寬大的單衣，衣袖與漆黑的長髮被風吹得鼓起，彷彿要乘風飛去。

他沒有笑，茫然而空洞地看過來，眼底滿含著危險的戾氣。紅光從他背後發出，眸中也映著一點詭豔的紅。

白怡蓉捏緊拳頭，指甲嵌進掌心。這驚心動魄的美麗使得她倒退兩步，危機感達到了頂峰——都說兒似母，生出這般孩子的女人，究竟美成什麼模樣？他……當真是慕懷江隨便撿的？

「吱呀——」門開了，幾個人七手八腳地進來，抬了什麼出去。那個男孩默然坐在桌上，無聲地望著陽光的方向，似乎對外界沒有反應。

慕府總管事與下人們嘰嘰喳喳地低語。

「第幾個了？」

「死第三個了……怎麼回事，老爺和夫人還待在密室？」

「是啊，我們指望您想想辦法，我那裡是沒人敢再來送飯了。」

「往後將飯放在門口，不得與他多有接觸。」

「往常也不是沒有過被下咒的人……」那人吸氣道，「怎麼這回裡面就變成了這樣？還有他的頭髮……」

光影晃動，他似乎比劃起來，「冷不防就長到腰了，身上還發光，怪嚇人的。」

管事望了一眼背對著他的那個身影，頓了一下，「往後，你每天來盯著。他的頭髮若是再長長，速來報我。」

「為……為什麼？」

管事嘆了口氣，「小時候聽老一輩的捉妖人說，『大妖之力，多蓄於髮。』妖力越強的，頭髮越長，不知是不是這個道理。小心一點，總沒錯的。」

「是。」眾人盯著腳尖諾諾。

腳步聲漸弱，管事走遠了。

「唉……」那聲音發愁地拖長，喃喃抱怨起來，「你說這麼個妖物，老爺費那麼大力氣弄到家裡來，究竟是為了什麼？」

「噓——」另一人的語氣裡帶著些幸災樂禍的味道，聲音壓得更低了，「我倒是聽聞，這妖物的母親美豔絕倫。這孩子的父親究竟是誰，還說不準吶……」

聽的人笑了，「噢，你的意思是……」

「我可什麼都沒說，都是瞎猜的。」

兩人會心一笑，打趣起來，「雖說是半妖，萬一真是老爺的種，多少也算是有後……」

「吱呀——」門扉閉上，二人嬉笑的聲音被隔絕在外。門口地面上，孤零零地放著一份冷掉的飯菜。

白怡蓉的手指把貼住窗口的黑紙都捏皺了，發出「沙啦啦」的聲響。如若不是丫鬟將她的手往外拉，她差點將那張紙扯下來揉成一團。

眼中幾乎要沁出火來，真是被她猜對了呀……

怎麼樣的美人，能迷惑得慕懷江這樣冷淡自傲的男人都迷了心智？

她再不濟，好歹也是捉妖世家的女兒，終其一生，撒嬌耍痴，也沒讓他正眼瞧過。

一隻妖……她憑什麼？

她氣得眼睛發紅，將黑紙一放，扭頭便走。

坐在桌上的男孩歪了歪頭，出神地望著觀景窗，似乎有些疑惑投映在他臉上的一塊亮光為什麼消失了。半晌，紅光慢慢斂去，室內陷入一片黑暗。

「二夫人……」丫鬟一路小跑步趕上她，「您別聽他們瞎說，都是瞎說的……」

「老爺在密室……」白怡蓉喃喃，回頭看著丫鬟的臉，涼冰冰地問，「在密室幹什麼呢？」

丫鬟生怕她闖進密室，汗毛根根豎起，險些跪了下來，「聽說是在布陣，萬萬打擾不得的……」

我與懷江在密室布好七殺陣，以暮笙為餌，設局等待怨女。

慕瑤手腳冰涼，「沙啦」地把信翻了一頁。

四日後，怨女果真夜襲慕府，欲將此子救走，最終身陷七殺陣內，落於我們之手。懷江的老友空青道人知曉我們捕獲怨女，急來阻止，告知我們殺死怨女的後果。不得已，只能將其以鎖鍊囚於地牢，以黃紙符咒封印。

慕聲自從下了忘憂咒後，無有記憶限制，妖力屢次失控，府內死者數十。除我與瑤兒以外，旁人難以接近。

如果說他從前是以普通孩子的身分，偶爾洩露自己的半妖之力，忘憂咒奪去他的記憶後，就是以半妖之身存世，偶爾才想起來自己是個孩子。

這種情況，通常是白瑾去送飯給他，或是慕瑤陪他玩的時候。

他很信賴白瑾，每次當她靠近，他會收斂紅光，有時候會將頭安靜地靠在她懷裡，像是藏在雌鳥翅膀下的雛鳥，乖得令人憐惜。

至於慕瑤，那時她不過十歲，純潔得像一張白紙，沒有絲毫惡念。慕聲雖暴戾，卻很聰明，擁有小野獸般敏銳的本能，能夠分辨出誰是真心待他，因此並不抗拒慕瑤的接近。

我對慕聲，虧欠兼併憐愛。

白瑾的字跡清瘦，這時候已隱隱有力有不逮的虛浮。

但其戾氣難以自控，終究不是長久之計。

大妖之力，多蓄於髮。此子之髮，更如仇恨之絲。入府以來，一旦遭遇刺激，頭髮便增長三寸，殺人數十。

不過三月，已長至腰側，除我與懷江，旁人難以招架。

這件事發展到最後，慕懷江是第一個提出異議的。

在他看來，先前白瑾強行將人帶回來，一是為了做餌等待怨女，二是為慕瑤提供保障，還有幾分是女人家的惻隱之心。

但說到底，他最看重的還是第二條。他對一個無法控制自己的半妖並無好感，更不會將其當作真正的孩子養。現在怨女已經被他們禁錮在地牢內，若他不能為女兒保駕護航，便成了廢子一枚。

忘憂咒沒有起到預期的效果，慕聲幾乎只能被關在菡萏堂內，像一隻野性難馴的小野獸，無法接觸外人，更別提陪著慕瑤外出歷練了。

何況，這隻妖物搞得府內人心惶惶，眾人精疲力盡。

他屬意將慕聲處理掉，再召集諸多捉妖人，結成同盟，加固怨女的封印。即使她的妖力恢復，也會被永遠鎖在那方小天地裡，不能出來作祟。

恰於此時，空青道人帶來永久殺死怨女之法，可一石二鳥，正中懷江心意。只是方法殘忍，我並未同意。爭執不定之時，事有急變。

院落中籠罩著濃重夜色，飛簷只剩下漆黑的輪廓，聳立的水杉尖上掛著一輪小巧的彎月，不一會便被飄來的雲遮住了一半。

慕懷江親手提燈，引著身後的長鬚道人在曲折廊橋中行走，不時回過頭低語些什麼。他們二人走得很快，手裡的燈籠像一團遊冶的星火。

慕懷江無意間回頭，一個戴兜帽的身影有些慌亂地貼住牆根，風吹動了寬大的帽兜和衣袖，隱隱露出個嬌小的輪廓。

淩妙妙在粗糙模糊的畫面裡艱難辨認了半晌——是個女人。

二人迅速走遠，後方包裹得嚴嚴實實的女人，一身黑袍與夜色融為一體，輕手輕腳地跟了上去。

路線迴環曲折，走到了最西端無人住的閣子，慕懷江下意識地看了看外面，隨即將門掩上。他將掛在牆上的長卷山水取下，露出一扇破舊的小木門。

女人躲在觀景窗外窺看，手指攥緊了窗櫺。

慕懷江取出鑰匙，將小木門打開，示意長鬚道人先進。二人矮身彎腰，一前一後消失在門裡，隱隱傳來空曠的腳步聲。

女人的腳步似貓，推開門迅速溜了進來。

木門之後，別有洞天。沿階而下，石頭粗糙搭建的洞穴陰冷潮溼，角落裡滴滴答答地漏著水，落在水窪裡，發出空曠圓潤的回聲。

每隔幾步，地上便倉促地擺有一盞燈，堪堪照亮腳下凹凸不平的路。

「下去吧。」慕懷江一揮手，看守在外的兩名肩寬腰圓的啞婦便躬身退下。

鎖鍊發出「嘩啦啦」的響聲，慕懷江的手裡端著一盞燭臺，驟然照進昏暗的石穴裡。坐在地上的那人抬手遮住眼睛，擋下刺目的光。

伸出的那隻手，五指纖細，皮膚蒼白，手腕上拴著一副厚重的鐐銬。鑄鐵是粗糙的青黑色，有斑斕的紅色鏽跡，與女人雪白纖細的前臂形成強烈的對比。

她被有嬰兒手臂粗的鎖鍊拴著，幾近赤裸，腳踝上也戴著腳銬，鎖鍊延伸至牆邊，牢牢釘入牆裡。

一整面牆，貼滿了密密麻麻的符紙，丹砂字跡交疊，深深淺淺，密不透風。

她坐著的姿勢誘人至極，展現出優雅的曲線，像隻擱淺在岸邊的美人魚。

她一點一點地移開了手指，斜睨過來。

睫毛像蝴蝶翅膀伸展著，眸中是江南煙雨，春色無邊。從鼻尖至櫻唇，再至下頷的弧度，皆是天工造物。在她抬頭的一瞬間，彷彿這幽暗的石穴都被照亮了。

長鬚道人點點頭，打量眼前女子的眼神並無波瀾。二人開始交談，短促地說了三兩句話，全聽不清，背景音是刺耳的尖嘯——

躲在石壁背後的女人，顫抖著身子，發紅的眼裡只剩下地上坐著的那個尤物。似乎只是專程來看她一眼，慕懷江和那長鬚道人只短暫地說了幾句話便離開了。

沉重的鐐銬「唰啦啦」作響，她換了個姿勢坐著，臉上依舊掛著無謂的淡漠笑容。隱在黑暗中的女人從石壁背後閃出，幾步走到她前面，摘下兜帽露出一張化了妝的臉。

是白怡蓉。她居高臨下，死死盯著女人的臉，「妳是誰？」

那女人歪過頭，好笑地看了她一眼，神情漫不經心，「妳又是誰？」

她的聲音嬌柔動聽，帶了點恰到好處的沙啞，回蕩在石洞裡，揉得人心房都酥了。

「妳還有臉問我？我是慕府的二夫人，妳這沒名沒分的妖物，算什麼東西！連人也算不上，竟敢勾引人家的丈夫……」她有些氣急了，說沒兩句便幾乎化成指著鼻子的斥罵。

「勾引？」那女人看著她，沉默了一會，眼中閃動起幽幽的光，越發顯得那笑容之詭異，「是妳的丈夫死纏爛打不放，怎麼能算勾引。」

「妳胡說……」

「信不信由妳。」她慵懶地笑著，「我與他的兒子，他不就接進府裡，給你們慕家做繼承人了嗎？」

白怡蓉腦裡嗡地一下，連喊叫的力氣都沒有了，喃喃道，「不可能，不可能……不是，不是謠傳嗎？」

女人伸出手臂，拉動鎖鍊「唰啦」作響，彷彿刻意向她展示手上的鐐銬，「妳看，有了兒子還不夠，他還要我留在他身邊。人妖殊途，他不能娶我做夫人，也要我做他的禁臠。」

白怡蓉雙目發紅，恨不得衝上前將她撕成碎片，「不知廉恥……不要臉的狐狸精。」

「他愛我呀。」女人彷彿沒看到她的怒火，接著緩緩道來，「他對我百依百順，恨不得將天上星月都捧到我眼前，我都不屑一顧。」

她緩緩側頭，眼裡含了一點譏諷的同情，「他愛過妳嗎？妳知道被人愛著是什麼滋味嗎？妳一輩子除了生孩子，還有什麼別的價值嗎？」

「住口！」白怡蓉尖叫著撲過去，騎在她身上，揪住她的頭髮。在她那張動人的臉上搧了幾個耳光，又狠狠抓了幾道血印，「小賤人，賤人，看妳得意……」

她輕笑著，仰頭挑釁地看著失態的白怡蓉，臉上的血印和紅腫很快便消退了，又露出白玉無瑕的皮膚，「可惜，沒用呢。妳忘了嗎？我是妖啊，這點小傷怎能奈何得了我？」

白怡蓉氣喘吁吁地看著她，雙眼裡滿是血絲。

「妳活一輩子，青春不過二十年，便年老色衰。妳看，妳的皮膚已經開始鬆弛了，真可憐。」她輕輕笑起來，「而我永遠青春貌美，哪怕慕懷江成了老頭子，我也永遠是這個模樣。

「妳奢求一輩子的東西，單憑一張臉，就被我輕易而舉地得到了，真抱歉啊。畢竟男人啊，總是這樣色令智昏，妳說對不對？」

「妳……」白怡蓉的牙齒顫抖起來，怒火上頭，有一種溺水般的昏漲感。

「除非妳殺了我。」女人笑得越加嫵媚，「否則，一輩子都不可能拿我如何，知道嗎？」

殺了，殺了她……腦海裡的念頭越來越清晰，渾身血液直往頭上湧。

「殺了妳……」

「妳敢嗎？」她笑得挑釁，極亮的眼珠彷彿兩盞幽亮的星。

「嗤——」顫抖的手握著匕首狠狠刺進柔軟的皮膚下。

「我怎麼不敢……」溼熱的血液流了她滿手，散發著奇異的香氣。她如夢方醒，意識到自己做了什麼之後，連爬帶滾地往後退。

地上的女人如同一具洩了氣的玩偶，在血泊中抽搐著，望著她的眼中閃著亮光，口中發出了「呵呵」的氣聲，竟然得意地放聲笑起來，場面詭異至極。

旋即，那具完美無瑕的身體慢慢破碎，一半化作飛雪，一半化作落葉，在空中旋轉散開，像陣風一樣猛然鑽出了桎梏。插在她心口的匕首和那鎖鍊，「唰啦」一聲掉落在地。

白怡蓉意識到自己闖下大禍，腿都軟了。掙扎著爬了半天才爬起來，沾血的手在石洞裡拖出一道道深紅的血痕。她顧不上戴上兜帽，轉頭便踉踉蹌蹌地往外跑，旋轉降落的飛雪和落葉，如雨勢傾頹、罡風席捲，轉瞬包圍她嬌小的身軀。

白怡蓉猛然向前撲倒在地，像死了一般一動也不動。

過了很久，她極其緩慢地爬了起來，步履不疾不徐地走回到石穴前，彎腰撿起地上的匕首，揣進懷裡。歪過頭去，像是遊覽一般，細細環顧四周，隨即無聲無息地走出地牢。

懷江攔空青道人在外言語兩三句話，再折返地牢時，發現怨女已爲人所殺。

「殺」字最後頓下的一點極為用力，彷彿鐵塊驀地墜在紙面上，濺出毛糙的墨痕。慕瑤的心頭一沉，眼皮跳動起來。

那一頓似乎用盡了寫信人的全部力氣，後面的字跡變得鬆散無力，彷彿綿長的嘆息。

如果萬物式微皆有先兆，這便是慕家衰落的開始。

魅女是天生地長之靈物，大自然以霜雪塑其骨骼，草葉做其體膚。山水之秀，萬物之美，集於一身。

上天既然如此眷顧她們，自然也要同等地懲罰她們。

魅女與怨女，雙魂共用一體。極善與極惡，晦暗與光明，是為陰陽兩分，如同世間朝暮。

魅女之美註定要歸於天地山河，不能被一人獨占，否則天秤失衡，將引來大惡。嚮往紅塵的魅女，註定要與後來居上的怨女抗衡，爭奪對這具身體的控制權，直至被徹底吞沒。

天生地長的幻妖，缺陷是不能化人；同樣被天地孕育的魅女，她的缺陷，是只能化作人形。

按照空青道人查閱的典籍來看，為防止大惡蔓延，這具無暇的軀殼即是控制怨女的最後一道關卡。它像一座華美牢籠，禁錮了怨女上下流竄、興奮不安的極惡之魂。

現在，怨女被殺，等同於最後一道牢籠被毀，怨女之魂徹底無所顧忌。她雖然沒有妖力，卻可以操弄人心中的不平和怨憤，藉機鑽進任何一個被她的言語所蠱惑的人體內。

她非但沒死，反而絕處逢生，並且不再為人所控。

慕懷江雷霆震怒，夜不能寐。

怨女先前受符紙所控，靈魂受損，需要在宿主體內休養生息，短時間內不會有所作為，也顧不上改變宿主的意志。這也意味著，她究竟上了誰的身，誰也不知道。

但若是不做處置，任她休整好，恐怕第一個便要血洗慕家。

於是，一場地毯式調查開始了。先是最有嫌疑的幾個看守地牢的啞婦被祕密關進不見天日的地牢，隨後是幾個在那天夜裡被人見到曾經路過地牢附近的家丁。

府內流言四起，一時人心惶惶。

一向作威作福的白怡蓉在此之前就病了，在床上一直躺到年後，並未捲進這場風波。

關足了十個人，慕懷江決定收手。並不是他能保證怨女一定在這十個人當中，只是他覺得，這樣下去不是辦法，自己嚇自己，徒增煩惱。

他將白瑾叫來，舔舔因操勞而乾裂的嘴唇，「阿瑾，慕聲不殺了。」

白瑾抬起頭，默默無語地望著他，眼裡有些責怨之意。

她被白家精心培養，斬妖除魔無數，早就練得心硬如鐵，不比尋常嬌弱女子。即便是如此，她還是難以接受慕懷江的冷血與狠絕。

在此之前，他聽從空青道人的辦法，為了永除怨女之患，打算安排慕聲洩出半妖之力，與其母同歸於盡，一旦事成，便一次解決兩樁麻煩事。

她強烈反對，不惜與他大吵一架。

白瑾只是覺得，慕聲還是個孩子，先前被怨女蠱惑，差點弒父，現在又讓他弒母，未免罔顧人倫——即便他有妖的血統，至少還有一半是人。

在他乖順地靠在她懷裡的時候，她能清晰地感受到他臉頰冰涼的觸感，肌膚細膩柔軟，和慕瑤小時候是一樣的軟綿綿。

而慕瑤的年紀還小，還不知道這世間所謂的正義，藏有很多大人才明白的齟齬。慕瑤畏懼慕懷江，循規蹈矩，只是每隔幾天小心翼翼地問她一句，「娘，弟弟什麼時候能從黑屋子裡出來？

「娘，弟弟怎麼從來不哭？恐怕是關在菡萏堂裡嚇壞了，為什麼不把他放出來？

「娘，弟弟已經七歲了，再不練功就太晚了，難道爹不準備把他放出來嗎？」

問的次數一多，她連搪塞的心力都沒有了。冰雪般的小女孩，才是慕家新生的希望，而她和慕懷江，早就是腐朽的刀刃了。

「你打算如何？」她不動聲色地問。

「我要慕聲留下來，不管妳用什麼辦法，我要他只認妳我做父母，瑤兒做姐姐。」

白瑾笑了一笑，她明白他的意思。

怨女的力量還在這孩子這裡，掌握住慕聲，是對怨女最大的牽制，也是他們與怨女抗衡的唯一資本。

「好啊。」她沉默半晌，帶著蒼涼的笑點點頭，「後日我先回家一趟，求助於我爹娘。但你要答應我，從今往後，全府上下誰也不許再提慕聲的血統，就當他是一個普通的孩子。」

十日後，白瑾從白家歸來，雙手捧著一只匣子。匣子裡裝著白家在極北之地求來的月魄冰絲織成的絲帛，裁成細長窄窄的一條。

梳子順著黑亮的頭髮向下，一梳到底，纖瘦的手撈起髮尾握在手裡，露出他的耳朵。

白瑾與慕聲臉貼著臉，在鏡子裡看著他漆黑的眼眸，語氣柔和，像是天下所有為孩子梳頭的母親，「高一點，還是低一點？」

他茫然的眸子慢慢地有了焦距，目光落在她的臉上，定住了。他纖長的睫毛顫了一下，用很小的聲音回答，「高一點。」

「好。」她彎眼笑了。在眼尾彎下的瞬間，她在鏡中看到自己細密的眼角紋，像是腐朽的木家具上拉出的蛛絲。

不遠處，是慕瑤懵懂稚嫩的臉。

白駒過隙，蜉蝣一生。多少愛恨，正誤，人妖恩怨，在這一刻都暫時遠去，梳頭這個動作，似乎變成她一生的志業。

她將那條皎潔的絲帶小心地從絲絨內襯中取出，彷彿從廢墟中找到一線希望。素手將髮帶紮緊的瞬間，咳出了喉間那口腥甜。

慕聲靜靜地看著鏡子裡那個清秀的男孩。梳起高馬尾，髮頂露出一點美麗的白色髮帶，像隻蝴蝶垂著翅膀，匍匐在上面。

許久，他好奇地伸手，觸摸冰涼的鏡面。這個人……竟然是我。

「瑤兒。」白瑾牽過慕瑤的手，帶她走到牆下，「妳要看著弟弟，絕不能讓他把髮帶取下來。」

待慕瑤立了誓，白瑾終於長吁一口氣，拍了拍手背，有什麼東西在她眼中閃動了一下。

「今天，弟弟便可以從那間黑屋子裡出來了。」

她不顧眉宇間的疲倦之色，終於輕快地說出了答案。

信紙從慕瑤手中滑落，柳拂衣伸手一接，用力攬住了她瘦削的肩膀。

浮現在二人間的畫面慢慢淡去，妙妙對上慕聲眼睛的一瞬間，就知道事情不妙。看他的神色……這段回憶碎片的內容，他也看到了。

二人四目相對，妙妙的睫毛慌亂地顫著，目不轉睛地看著慕聲慢慢從床上坐起來，靜默地掛上床簾。

他的肩胛骨突出，形狀優美，從背影看過去，還帶著少年的單薄感。他手上的動作極輕，不知是不是顫抖的緣故，鈴鐺被他觸得響動起來。

記憶碎片播放時，時間彷彿停滯了一瞬，進入另一段時空，結束之後仍舊是天還未大亮的冬日早晨。

被子裡早就失去了溫度，淩妙妙像是被扔進冰天雪地的人，臉頰因為恐慌而滾燙，身子卻一陣陣地發抖。他回過頭來，看著睜著一雙杏子眼盯著他的少女，看了半晌，伸手將她抱進懷裡。

他的身上也沒什麼溫度，衣服的緞面冰涼涼的，淩妙妙不受控制地打了個冷顫。慕聲頓了一下，拿過放在床頭木凳上的襖子，為她披在身上，連衣服帶人再次擁在懷裡。

少年的手溫柔地撫摸著女孩的頭髮，半晌才開口，「異世之人。」是個輕描淡寫，但肯定的語氣。

妙妙的頭頂如有雷劈，剛才打好的腹稿，瞬間便忘得一乾二淨。

「我……」她驚悚地想看他的表情，卻被壓在懷裡動彈不得，額頭緊貼著他的胸膛，嗅著他身上的白梅香。

她突然想起什麼，隔著衣服小心翼翼地摸了摸他的心口。柔軟，溫熱的。沒有玻璃碎片了……

她這才後知後覺地明白過來。鑰匙，難道一定要長得像鑰匙嗎？這塊回憶碎片不是給她的，是為了解開黑蓮花身上忘憂咒的道具……

可是妙妙從來沒有想到有一天，「她不是這個世界的人」這種事情，會被攻略角色直接看出來。

她在這場博弈中，早已由局外人變作局中人。現在，局中人還翻船了。

淩妙妙舔了舔嘴唇，放棄掙扎，「你是怎麼知道的？」

少年眼眸漆黑，嘴角帶著譏誚的笑意，手指順著她的頭髮摸到了脖頸，指腹摩挲著她的血管，感受著她不安的脈搏，「妙妙，下次聰明些。不要被人虛張聲勢地一唬，就乖乖承認了。」

淩妙妙五內俱焚，「不瞞你說，我就是你口中的異世之人。」她僵硬地靠在他懷裡，還是忍不住問，「你……你是什麼時候起疑的？」

「《九章算術》，畢氏定理。」慕聲垂下眼眸，看起來毫不在意，「九州之外更九州，原理相同，叫法不同，也沒什麼稀罕的。」

淩妙妙回想一下自己洋洋自得的戰績，長長地吐了一口氣，覺得自己是個十足的傻瓜。

黑蓮花實在是太聰明了，裝乖裝得太久，她險些忘了他敏銳的洞察力。

只是……她從他懷裡掙扎出來，崩潰地問，「你既然起疑，怎麼不早點問我呢？」

她盯著他的臉看了半天，沒看出什麼類似失望抑或是憤怒的情緒。

「妳會走嗎？」他的雙眸純粹，倒映著她的臉，眼裡含了一點支離破碎的希冀，混合著湧動的黑色濃霧。

「啊？」她愣了一愣，倒是沒想到他越過中間步驟，直接就問這個，沒好氣地撥弄著手指，言語中露出一絲委屈，「我哪像你呀，走不了。」

他眸中的暗湧慢慢消退下去，言語格外溫柔，「好啊。去哪裡都可以，只是不要離開我。」他摸摸少女的臉，垂眸替她繫好繫帶，聲音很輕，「誰帶妳走，我要他死無全屍。」

「妳若自己走，我就把妳……」他停下來，歪頭看著她，似乎在斟酌字句。想到她似乎不太喜歡被粗暴地對待，他將「腿打斷」改成了「鎖起來」。

凌妙妙顧不上理睬他的恐嚇，急得插嘴，「誰要你問這個啦？」

他愣了愣，眸中流露茫然之色。

凌妙妙都有點替他著急了，主動提示起來，「我不是凌虞……我是……奪舍的，那個，借屍還魂……」

「嗯。」他應聲。

凌妙妙眼巴巴地望著他，幾乎像是手裡拿著個避雷針，高舉雙手對著烏雲密布的天，主動尋求責難。

黑蓮花生氣起來總是先隱忍，很少表現出來，但若是不讓他發洩，便容易暴走。

可是一道雷也沒等來，他垂下眼簾，眼中竟然反常地泛起些許暖色來。他知道妙妙在害怕什麼，只是這個世界，人妖共存，世道亂了不知多少年。他這半妖之身都沒有嚇跑她，難道她以為區區奪舍還能嚇著他？

少女一雙杏子眼惴惴不安，泛著水色，他貪戀地望著她的眉眼，順了她的意，「妳早就知道我的事？」

淩妙妙如願以償地引到了雷，正襟危坐，清了清嗓子，「對不起，我不是故意要瞞你的。自從到這裡以來，我總是做些奇奇怪怪的夢……」她面不改色地扭曲了事實，「沒想到是你的過去。」

還把責任全部推給了系統，「我什麼也不明白，不知道是怎麼回事。」她小心翼翼地瞄他，臉埋在毛絨絨的領子裡面，紅潤飽滿，像是多汁的果子，抿了抿粉嫩的唇，「你介意嗎……」

慕聲湊過去吻她的唇，又在那果子似的臉頰上流連不去，半晌才道，「妙妙，不就是妙妙嗎？」不是淩虞，是淩妙妙，從頭到尾都是這一個妙妙。

說完這句話之後，他心裡劃過一絲隱祕的滿足。妙妙可能不記得了，她曾經對慕瑤說過，「慕聲不就是慕聲嗎，是人是妖又有什麼關係？」

他將這句話回贈給她的時候，終於覺得自己慢慢靠近了這團火焰，比旁人都有資格將她緊緊擁在懷裡，永不放開。

無論她是誰，無論她有怎麼樣的祕密，只要是她，其他的又有什麼關係。

他撫摸著她柔軟的耳垂，嗅著她身上熟悉的梔子花香，「好想讓其他人也知道。」

「為什麼？」她摟著他的脖子，被親得有些糊塗了。又不是什麼光榮的事……

他的聲音很輕，「最好他們都退避三舍，沒人敢覬覦妳。」

淩妙妙憋紅了臉，氣得將他推到一旁，赤著腳爬下了床，「你讓開，我去餵鳥。」

慕聲伸手一摟，將少女攔腰抱起，靈巧地換了個位置，放回柔軟的床上，漆黑的眸望著她，純粹得只剩暖光，「我去餵。」

鳥籠搖擺，黃澄澄的稻穀像流沙一般傾瀉下來，堆成了座穀山。

小鳥沒有想到半途而廢的乞討竟然真的能換來吃的，靈巧地蹦到食槽前，抬頭一望，望見了一雙漆黑的眸。

「啷……」今天竟然是大老虎來餵！牠細細的食道猛地噎住了。

餵過鳥之後，他將淩妙妙的帳子放下，穿好外衣出門。

慕聲拎起放在石臺上的壺，給前院的幾盆千葉吊蘭澆水。

水很快就灑完了，他便望著綠油油的草葉出神。冬日稀薄的陽光下，圓圓的葉子上流動著水珠，閃著一點光亮。

他默然摸向自己的心口，感受皮膚下心臟的跳動。

忘憂咒解開後，無數遺忘的舊時光盡數湧回腦海。

他在腦海中描摹著暮容兒的臉，一顰一笑，終於慢慢繪成最初那個熟悉的人。在妝臺前為他梳頭髮，言語溫柔，「小笙兒的頭髮像他爹爹，又黑又亮的。」

紅羅帳前光線昏暗，一縷光從簾子的縫隙裡照進來，落在她的側臉上，恬靜溫和，眸中是掩不住的憐愛。這樣一個人，連恨也不會。

他曾經有娘。縱然步履維艱，因為彼此支撐著，也從不曾覺得苟且。

離開花折的前一日，她從抽屜裡拿出了那把閃著銀光的仙家之物斷月剪，在他及腰長的頭髮上比劃著。

她長久地望著鏡子裡他的容顏，似乎想要將他的臉刻在自己心裡。

「小笙兒，娘問你。如果有一日，娘不再是娘了，你會害怕嗎？」

他仰起頭，望著她。驚異地發現她雖然笑著，眼睛卻紅得可怕，旋即雨滴般紅的鮮血，從她的眼眶掉出，猛然落在雪白的腮邊。

「娘怎麼了？」他驚慌地伸出小手，抹花了這兩滴鮮紅。

她握住他的手腕，微笑道，「笙兒，這是離別之淚。娘不會讓你變成怪物的。」她說著，擦乾眼淚，拉起他的頭髮，一把剪了下去，齊齊剪斷他那一頭的仇恨之絲。

斷月剪乃仙家之物，斷愛斷恨只能擇其一，斷了他與生俱來的恨，就斷不了她累積一生的愛。由愛生恨，孕生怨女。

容娘握著他的手，憐愛地理了理他的額髮，「不要怕娘，娘會拚命護著你，要活下去。」

而他由此從六親不識的怪物，後退一步變作可以偽裝成人的半妖。時至今天，依舊有愛恨，有情欲，有溫度地活在這世上。

他的手掌按壓著自己的心口，慢慢地，胸口的溫度傳遞到了冰涼的手掌。

如果沒有他，一切就不會發生。如果不是因為他，暮容兒也不會被怨女吞噬。他便是那個禍根。

少年翹起嘴角，自嘲的笑意蔓延，眼裡含著一點冰涼的光亮。

又有一段回憶湧上腦海。

那是剛入慕府的時候，一次吃飯時，白怡蓉一反常態地提到了他。

「慕聲還沒有表字吧。」白怡蓉不經意地問，慕懷江不以為意，白瑾則有些奇怪地看過來。

「我請人起了個，轉運的，叫做子期。」

她一向吵鬧慣了，大家都習以為常，白瑾默念一遍，沒挑出什麼錯處，便笑著答應，「那就叫子期吧。」

現在想來，那一日白怡蓉的語氣，連裝腔作勢的冷漠下面，都是擋不住的熟悉的溫柔。

那時候她還在，想盡辦法告訴了他本來的名字。

只是……這段記憶應在忘憂咒之後，為什麼他之前卻不記得？

少年蹙眉，緊閉的睫毛顫抖著，太陽穴一陣陣發痛……忘憂咒已解，怎麼還是會有這種感覺？

「子期。」清脆的一聲喚，將他從深淵中帶出。

他抬頭一望，淩妙妙將窗戶推開，正趴在觀景窗上看著他，不知趴了多久，臉都被風吹紅了。

世界剎那間恢復了勃勃生機，鳥叫聲和風聲從一片靜默中掙脫而出，屋裡的一點暖香飄散出來。帳子裡的馥鬱，女孩溫暖的身體和生動的眼睛，似乎都是他留戀世間的理由。

「你在幹嘛？」妙妙趴在窗口，眼裡含著笑，手裡提著鳥籠，悄悄背在身後，準備給他看看「聲聲」的傑作。

籠子裡的鳥將堆成小山的稻穀吃去一個大坑，為了不噎住而細嚼慢嚥著，還在上面噴水，像是兢兢業業的雕塑家，雕刻出個風蝕蘑菇般的奇景。

淩妙妙看著他走近，準備等他乖乖承認「澆花」後，再戲弄他一句「壺裡還有水嗎」。誰知他走到窗下，仰起臉閉上了眼睛，將唇湊到她眼前。

「在等妳。」

女孩頓了頓，面頰上泛起一層薄紅。手臂撐在窗臺上，身子探出窗外，慢慢低下頭去。

「唧——」籠子傾斜了，鳥兒眼看著自己的風蝕蘑菇「嘩啦」一下傾倒，氣急敗壞地拍打著翅膀。

這些日子裡，慕聲和慕瑤二人見面，幾乎無法直視彼此。

上一輩的恩怨糾纏，冤冤相報，兩個人到了這一步，竟然說不清楚究竟是誰對不起誰多一些。

相比之下，慕瑤沮喪得更加明顯。柳拂衣強硬地將飯碗推到她面前的時候，她也只是吃一點點，就沒了食欲。

白瑾的信幾乎將她一直以來的信念擊碎了，「拂衣，我真不知道這個陣，到底還要不要布了。」

布七殺陣等待怨女，是主角一行人自始至終的計畫。而現在，她的家恨另有因果，白怡蓉是被怨女奪了舍，支持她走到現在的恨意，幾乎變成一場笑話。

桌上沉默片刻，柳拂衣答道，「妳覺得，我們不做準備，怨女會放過你們嗎？」

他的目光掃過慕瑤，又無奈地望向慕聲。

慕瑤並未開口，慕聲先答了話，「不會。」

淩妙妙側頭看他，少年已經低頭認真地吃起飯來。

慕瑤心裡清楚這個道理，對於怨女，她是仇人之女，而慕聲是力量之源。就算他們放過怨女，她也不會放過他們。

她嘆了口氣，不得不直視慕聲的臉，「阿聲……」她的聲音都有些生澀了。

「布陣吧。」慕聲沒有抬眼，邊夾菜邊答，「怨女不是她。」吞噬了母親的怨女，也同樣是他的仇敵。

在這樣有一搭沒一搭的午飯中，計畫便敲定下來。

柳拂衣清清嗓子，打破有些凝滯的氣氛。

「瑤兒。」他環視眾人，嘆了口氣道，「要是妳實在不開心的話，我們辦婚禮吧。」

桌上瞬間寂靜了，慕瑤愣在原地，一時間沒有反應過來。

妙妙的筷子「啪答」地掉了一根，她急忙撿起來，興奮地拍打起桌子，「柳大哥，你在求婚嗎？」

慕瑤先是錯愕，隨即臉色漲紅，「妙妙，別胡……」

「嗯，我在求婚。」柳拂衣輕描淡寫地打斷了她的話，柔和地凝視著慕瑤的臉，「拖了這麼久，總不該拖下去了。我們成婚吧。」

大雪節氣來臨前，柳拂衣和慕瑤在無方鎮的這座精緻的宅子裡舉行了婚禮。

淩妙妙以為，她和慕聲的破廟婚禮已經夠簡陋了，沒想到慕瑤比她還要簡陋數倍。連霞帔都沒有，披了塊紅色的紗巾，穿了深紅的裙子，在廳堂裡點了一排蠟燭，在庭院裡拜過天地，就算成了親。

畢竟是原著裡的男女主角，擁有原裝的好殼子。柳拂衣溫潤，慕瑤清冷，兩個人即使穿著最廉價的衣服，手挽著手走進來，也是一對高貴冷豔的璧人，沒有人比他們更加相配。

成婚當晚，淩妙妙親自下廚，給新人們煮了一頓餃子。

餃子是她和慕聲一起包的，個個軟趴趴，慘不忍睹，撈起來的時候，破了好多個。淩妙妙非常愧疚地將破了的餃子都舀進自己的碗裡，最後又讓慕聲倒進了他的碗。

「你這麼聰明，怎麼就學不會包餃子呢？」淩妙妙支著臉，憂愁地問。

少年看她一眼，似乎有些意外，微一抿唇，肯定地說，「下次就會了。」

有這麼神奇嗎？淩妙妙還沒轉過彎來，穿著婚服的柳拂衣開了口。

他夾著一個破開的餃子，看了半天，「妙妙，下次煮餃子撒點鹽，就不會破了。」

「噢。」淩妙妙赧然地點點頭。

柳拂衣放進嘴裡一嘗，笑了，「妙妙，鹽放少了，五香粉放多了。」

淩妙妙憋了半天，諒他今天結婚，哼道，「知道了。」

慕瑤把蓋頭掀開來，露出完美勾勒唇形的紅唇，小心地吃了一個，給妙妙解圍，「我覺得挺好的。」

柳拂衣附在她耳邊道，「她做飯實在不行，得好好練練。」

慕瑤忍俊不禁，「其實，我比妙妙也好不到哪去。」

「那不一樣。」柳拂衣答得一本正經，「妳有我，我會做飯。」

淩妙妙捂住眼睛，從指縫裡看他們卿卿我我，「柳大哥，吃完快點洞房去吧。」

柳拂衣果然不吭聲了，正襟危坐起來，專心致志地吃餃子。一向反應遲鈍的直男代表，在妙妙的調侃下，竟然難得地有些不好意思起來。

妙妙則好奇地盯著慕瑤露出的嘴唇。慕瑤從出場開始，一直是以清清淡淡的形象出現，從未見過她濃妝豔抹的樣子。

妙妙心裡當即癢癢的，小心翼翼地問，「慕姐姐，我可不可以看看妳的臉呀？」

「可以啊。」慕瑤頓了頓，抬起手剛準備撩起蓋頭，便被柳拂衣按住手。

「新娘子只有我可以看。妳看算怎麼回事？」

妙妙氣急敗壞地「哼」了一聲。

柳拂衣挽著慕瑤入了洞房，二人的步伐和緩平靜，帶著說不出的溫馨恬然。妙妙遠遠望著，心裡歡喜交雜著憂愁。

如果劇情線沒有出大錯，主角二人的成婚，代表《捉妖》即將進入最後的尾聲。

最後一個巨大浪頭打來之後，故事在高潮中戛然而止。

而這最後的關卡，是他們所有人的死劫。

回到房間，妙妙坐在妝臺前，對著鏡子梳頭髮。想起沒看成的慕姐姐的臉，氣得給自己塗了個紅唇。

慕聲坐在一旁，並沒有責怪她大晚上塗脂抹粉，而是雙眼晶亮亮地看著她，眸子閃動了一下，「我幫妳畫。」

「你畫？」淩妙妙猶豫了一下，懷著好奇的心情，仰起頭，閉上了眼睛，等著看他畫成什麼樣。

少年從架上取了支細頭的狼毫，走到她身邊，捏著她的臉，以筆輕沾朱砂，在她的額頭勾勒。

溼潤的筆尖掃在額頭上，有些癢癢的。她閉起的睫毛顫動起來，嘟囔道，「好了嗎？」

「快了。」他刻意放慢速度，端詳她的眉眼，每一筆都像是纏綿的親吻。

「好了。」他鬆開手，淩妙妙睜開眼，湊在鏡子前面一看，一朵赤紅的五瓣梅花小巧玲瓏地印在額心。

慕聲烏黑的眸望著鏡子，安靜的唇角微微翹起——他是有私心的。淩妙妙從前在竹蜻蜓上刻字，曾經用五瓣梅花代表了他。

「哇。」淩妙妙沒有發覺，專心地望著鏡子，想伸手去碰，又怕碰壞了。手指忐忑地停留在額頭邊緣，驚奇地稱讚道，「好漂亮。」

她扭過頭來，興奮的眼眸撞進他的眼裡，慕聲輕輕抬起她的下頷，吻在她的額頭上。

「哎——」我的花！妙妙憤怒地驚叫起來，往後躲閃。慕聲按住她的後腦不放，故意壓著她的額頭，用柔軟的唇將那朵花揉成亂紅一片。

淩妙妙往鏡子裡一看，不到一分鐘五瓣梅花已經毀屍滅跡，又看著黑蓮花唇上的嫣紅，嚇了一跳，飛速地甩了條手絹給他。

「快擦擦。不是說了嗎？朱砂吃了中毒！」

慕聲乖巧地擦著嘴唇，滿臉無辜地望著她。

第十九章

熔丹

總是在天未亮就起床練早功的柳拂衣和慕瑤，在新婚第二天雙雙起遲了。日上三竿，柳拂衣才從房間出來。甫出門，就撞見淩妙妙抱臂站在面前盯著他，臉上掛著神祕的微笑。

「柳大哥。」她歪了歪腦袋，雙髻上的碧色緞帶飄動起來，杏子眼含笑看著他，沒羞沒臊地問，「新婚快不快樂？」

這丫頭……「咳。」夜裡種種旖旎湧回腦海，他掩飾地板起臉，張望起來，「阿聲呢？妳一大早杵在我們這做什麼。」

妙妙調侃的笑容收了收，說起正事，「柳大哥，能不能借一下你的九玄收妖塔？」她的眼睛眨著，眼神中帶著點乾澀的緊張和不安。

柳拂衣一愣，下意識摸到袖口的小木塔，奇怪道，「妳借收妖塔做什麼？」這收妖塔不是什麼日用品，乃是法力強大的法器，別說她駕馭不了，就算對方能用，他一般也不會輕易出借。

「哦，慕聲招鬼，我房間裡總是有小妖出沒，實在煩得很……我想借它鎮一鎮。」

柳拂衣忍不住笑了，「區區小妖，阿聲一出手就滅了，讓他來。」

「不要。」淩妙妙氣鼓鼓地吐了口氣，拉著他的衣袖，焦急地扯了兩下，「我跟他吵架了。柳大哥，你就借我擺一個晚上，明早就還你，好不好？」

柳拂衣平生最招架不住姑娘家撒嬌，見她眼底發青，大概實在是不勝煩擾才來找他，便從袖中掏出了九玄收妖塔。

小木塔只有巴掌大小，精緻得像是桌上的擺飾，不用口訣操縱時，會一直保持這樣小巧無害的形態。即便如此，擺一晚上，殺滅幾個騷擾人的小妖也足夠了。

他將收妖塔遞給妙妙，「拿去吧。」

「謝謝柳大哥！」凌妙妙的眼睛幾乎瞪成鬥雞眼，雙手小心翼翼地將收妖塔捧著，慢慢地轉身一路小跑步回房間。

柳拂衣看著她的背影，好笑地搖了搖頭，出門買黃紙去了。

房間裡，凌妙妙一個人趴在床上發呆，手背墊著下巴。半晌，才伸手撥弄了一下面前斜斜立著的九玄收妖塔，睫毛顫了顫，閉上眼睛。

她思索了片刻，飛快地爬起來，拿起收妖塔走到衣櫃前，「吱呀」一聲打開雕花木櫃。

櫃子裡湧出一股濃郁的白梅香，疊得整整齊齊的衣服堆得老高，幾乎抵到櫃子頂端。兩個騷包的衣櫃，就是這麼滿。

凌妙妙無聲地笑了笑，踮著腳尖拿收妖塔比劃了一下。小木塔只能橫著塞進上方那個小空間裡，顯然不大妥當，塞了幾次之後，她放棄了。

她沉默一會，關上了櫃門，走到廚房。

清晨幾縷細弱的光從廚房的窗戶射進來，投在灶臺上。灶臺旁邊是個一人高的漆黑水缸。牆角布置著簡陋的架子，擺滿燈籠形的陶罐。再向上看，牆上釘著一座放碗筷的梨木櫃子，分了幾格空間。

淩妙妙依次打開，從左往右數第三格，果然是空空蕩蕩的，陽光照著底部一層薄薄的灰塵，泛著微微的白。妙妙將收妖塔放進去，那個櫃子像是為收妖塔量身打造，不大不小，剛好夠將其藏在其中。

她關上櫃子門，將準備好的鎖拿出來，鎖住了櫃子。退後幾步，拿腳丈量了距離，在櫃子四周數米遠的地方，小心翼翼地移開架子，貼上三張符紙。

她伸手將符紙的邊角展平，壓在粗糙的牆上，拍拍手呼出一口白氣。陽光下，無數細塵在她的手邊旋轉飛舞。她又將架子吃力地挪了回去，上面的陶罐震顫，發出「叮鈴鈴」的脆響，擋住牆上澄黃的符紙。

按照《捉妖》的劇情，主角一行人到無方鎮，便到了原版淩虞參與的最後關卡。此時，柳拂衣和慕瑤成婚，大有白頭偕老的架勢，被慕聲折磨得痛不欲生的淩虞失去希望，徹底黑化了。她再也不奢望柳拂衣能將她救出苦海，不僅是慕聲，慕瑤和柳拂衣也成了她仇恨的對象。

抱著拖所有人下水的扭曲心態，淩虞完成了她在這本小說中第四次的作死惡行——也是淩妙妙按照原版淩虞軌跡，必須進行的最後一個任務：用計騙走柳拂衣的九玄捉妖塔，藏匿於廚房的櫃子中，並對外謊稱被妖物奪走，直接導致主角一行人被怨女困在陣中時，沒有絲毫招架之力。

畢竟，柳拂衣的法器在這本小說中是破格的存在。如果不是淩虞暗中使壞，他們也不至於被逼到絕路，到了不得不有人流血犧牲的地步。

現在，妙妙按照幾乎相同的方法將收妖塔藏匿起來。只不過做出小小的掙扎，按照悄悄和慕瑤學到的方法，在櫥櫃周圍用三張符紙造了一個「通道」。只要她燒掉手中對應的符紙，便能將陣中幻境和實際空間聯通起來。

也就是說，真到了被困在陣中的時候，她可以直接從幻境中的廚房，經過通道走到現實中的廚房，把柳拂衣的法器拿回來。

妙妙將下巴埋進絨毛領子裡，久久望著櫥櫃，最後用手試探地拽了拽鎖。

照在牆上的光束變暗，無數斑點狀的細小陰影流動在牆上。妙妙回頭一望，發現窗外不知何時飄起鵝毛大雪，發出輕微的簌簌聲。

距離怨女攻來，應該還有一週多的時間。

大雪下了三天三夜，庭院裡的一棵枯樹被雪壓折了枝條，每天晚上，都能聽見「喀嚓喀嚓」的聲音。厚厚的雪像一床棉被，起伏地鋪在大地上，映得天地亮得刺目。

妙妙穿著鹿皮小靴「喀沙喀沙」地跋涉在厚厚的雪裡，拿著一把巨大的笤帚艱難地掃著雪，頭髮和睫毛都沾染了白色雪點。

慕聲掀開厚重的簾子一出門，就看到這幅艱難的畫面，踩著腳踝高的雪，幾步跨過去，奪過她手上的笤帚，「給我。」

妙妙抬起頭，睫毛上的雪化開，沾染得她的眉眼都溼漉漉的，小臉蛋熱得發紅。她把一雙厚厚的手套脫下來，塞進他的懷裡，「給你戴著。」

慕聲下意識地單手往懷裡揣，垂下長長的睫毛，「不冷。」

她張牙舞爪地伸出手，冰涼的十指猝不及防地伸進他的頸窩，清脆地喊，「說不冷，這樣還不冷？」

少年也不躲，任她鬧著，伸手一攬，直接將她拖進懷裡，抓住她的手腕，塞進自己溫暖的胸口，漆黑的眼眸溼漉漉地注視著她，睫毛動了動，似乎含著一點驚嘆，「妳的臉好紅。」

「嗯……熱的。」妙妙抵唇，仰起臉，笑得傻乎乎，眼睛都彎了起來。

離得這麼近，幾乎看得到她臉上蒸騰出的熱氣。慕聲左看右看，忍不住壓著她，在頰上吻了幾下，才放她離開。

院中的雪被笤帚簇擁著堆在一塊，堆成了幾座小丘，露出地上幾個閃亮亮的光點。

這是淩妙妙第二次見識七殺陣了，只是當時在涇陽坡李府走廊的那個小圈子，跟眼前這個不可同日而語。

為了收服怨女，他們幾人布陣三天才畫好這個大圈，幾乎將整座宅子圍在裡面。

現在清掃掉地面上的積雪，露出的也不過是零星一角。

妙妙強迫慕聲戴上熊掌一般的毛線手套，自己把雙手攏在袖中，打著寒顫地看著少年認認真真地掃院子，看到堆起來的幾座小小的白色小丘，眼珠子一轉，雙手圈在嘴邊，「子期呀。」

慕聲停下來，直起身子望她，漆黑的眸在冰天雪地中顯得格外純粹。他一回頭，就望見女孩的眼睛亮亮的，笑得很興奮，「別掃了，我們來玩吧。」

他頓了頓，「玩什麼？」

妙妙已經彎下腰，抓起兩把雪，在手裡壓成厚厚的球。

慕聲抿唇，望著她的動作，身子繃緊，進入了備戰狀態。

淩妙妙攏了三團雪，回頭一望，見他僵硬地站著，招招手道，「你過來呀。」

慕聲望著她的手，她已經把雪揉得像人頭那麼大了。

妙妙……他的手有些緊張地握成拳，默默估量雪球襲來的感覺，確認自己承受得了，無聲地吐一口氣，然後乖乖閉上雙眼。

「你閉眼睛幹嘛？」聲音突然逼近，他迷茫地睜開眼。低頭一望，妙妙懷裡抱著那個人頭大的雪團，仰頭奇怪地看著他，另一隻手還抓著他的衣襟，興沖沖地把他往一邊拉，「來呀，我們堆雪人。」

「堆……雪人？」他看著少女把那一大團雪球墩在雪堆上面，它很快便滾落下來，她頓了頓，再次堆了上去，嘴裡喃喃著「頭怎麼又掉了」。

「是啊。」妙妙說著，再次用力將雪球墩在雪堆上面，幾乎把雪堆砸出個坑來，「你小時候都沒人陪你堆雪人吧？往後，都給你補上。」她蹲在地上，回過頭看他，黑白分明的杏子眼中，帶著小小的得意之色。

少年的睫毛輕輕一動，還來不及開口，淩妙妙便驟然拍腿，恍然大悟地望著他，「對了，我忘了，這是得拿樹枝撐的。」

慕聲按照妙妙的指導，撿來枝幹，給雪人安上了顆圓滾滾的腦袋。

他握住她通紅的小手，「冷嗎？」

「冷。」妙妙連帶著他的手一起搓著，待熱起來了，伸手摩挲雪人光禿禿的頭頂，「它也怪冷的。」說著，彎下腰去撿了片乾枯的梧桐葉，小心地蓋在雪人的頭頂，「給它加個帽子。」

妙妙心滿意足地回過頭，望見慕聲看向她的眼睛。那是安靜純粹的黑，彷彿一片平靜的湖，偶爾有風吹過，蕩起滿湖的漣漪，湖中倒映出她的影子。

「好像還缺了點什麼？」妙妙歪頭望著雪人，眨著眼睛，慢吞吞地戴上手套。

「鼻子。」他低聲答。

「對對對。」她興奮起來，拿手肘戳了戳他，以一種慫恿的口吻對他耳語，「你快去廚房幫他偷個紅鼻子來。」

柳拂衣捏著黃紙經過迴廊，看著窗外兩人掃地掃到一半，扔下掃帚堆起雪人，蹲在一起不知道在說些什麼，無奈地笑了幾聲，慢慢踱回房間。

掀開簾子，屋裡瀰漫著一股奇異的香味，他進門便打趣起來，「什麼味道這麼香。」

慕瑤背對著他，彎腰在香爐添著香，聞言頓了一下，柔聲道，「妙妙送的香。」

小姑娘家總愛弄這些香，聯想到淩妙妙那濃郁的梳頭水味，他無奈地勾了勾嘴角，「倒是像她的風格。」

慕瑤慢慢地坐回床上，低垂眼眸，「你看了嗎，七殺陣怎麼樣？」

柳拂衣撩襬坐在圈椅上，正對著她，玩笑道，「妳怎麼開口就問陣？昨天晚上怎麼樣？」

慕瑤的臉上驟然泛起一層紅，有些羞惱地看了他一眼，「我這兩日……不和你睡一張床了。」

柳拂衣喝茶的手停住了，緊張地問，「怎麼了？」

慕瑤垂下眼，半晌才吭聲，聲如蚊吶，「疼。」

這幾日新婚伊始，他確實不知節制了些……慕瑤一向臉皮薄，肯定是忍受不了才提出來的。這麼一想，他心中的愧疚和憐惜化成一片，生怕她害臊，沒敢盯著她的臉看，只是看著別處，柔聲承諾道，「那我睡在外間，好不好？」

一整座宅子都是他們的，空房多的是。來日方長，他不急。

「好。」女子的臉上這才露出點笑影來。

窗外冰天雪地，白光湧向室內，柳拂衣伸出手，笑道，「走，我帶妳去看陣。」白皙的手搭在他的掌心。他轉過頭去的瞬間，慕瑤的繡鞋從裙下探出，無聲地踩住從床下露出的一小片白色衣角，往裡一挪，踢進了漆黑的床下。

雪人的鼻子，在一般情況下都是鮮豔的胡蘿蔔。

但淩妙妙不吃胡蘿蔔，在廚房裡找到胡蘿蔔便成了件棘手的事。

慕聲在廚房走了一圈，彎腰掀開儲存蔬菜的箱子，在角落裡艱難地挑出三根形狀各異的胡蘿蔔，揣進懷裡。

經過櫥櫃時，他驀地停住腳步，回過頭去，奇怪地看了一眼。

這麼多年，他早已形成不動聲色觀察周圍環境的習慣，即使是在絕對安全的地方，也會下意識地記住各個事物的方位和特徵。

第三格櫃子外面多了一把斜掛的小鐵鎖。這把鎖很新，還有些面熟，他眯起眼回想了一下，得出結論，是淩妙妙從他們房間的抽屜裡拿來的。

如果沒記錯的話，這個櫃子本來應該是空的。慕聲站定在櫃子面前，目光落在鎖上，含著一絲捉摸不定的意味。猶豫幾秒後，一張符紙拍在鎖上，伸手輕輕一扭，便將鎖打開了。

打開櫃子門的一瞬間，九玄收妖塔的威壓撲面而來，小木塔端端立在櫃子裡，耀武揚威地俯視著他。慕聲睨著櫃子裡的小木塔，眸光幽深，手上把玩著小鐵鎖，顯見的不太高興。又藏了柳拂衣的東西。

停了片刻，他伸手將收妖塔拿了出來，依原樣鎖好櫃門，轉身走出廚房。他沉著臉，快步走到柳拂衣的房門口，衣角掀起一陣冷風，想了想，放下了推門的手。畢竟是貴重法器，須得交與本人才算穩妥。

慕聲轉身走到院中，踩進厚厚的雪地裡，留下一串明顯的腳印。迎面碰見在院子裡走動的柳拂衣和慕瑤，二人並肩走著，慕瑤驟然看見他，目光不太自然掃向別處。

無所謂，反正這幾日，他們都是這樣尷尬地相處著。

「阿聲。」柳拂衣被寒風吹得鼻尖微微泛紅，心情很好地向他打了招呼，剛伸出手準備拍拍他的肩，手裡就被不太客氣地塞了一座小木塔。

少年唇畔含著警告的笑意，「柳公子，拿好你的法器。」

柳拂衣望著手裡的收妖塔，明白過來——想必是和好了，又把他當靶子。到底是大了十幾歲，柳拂衣向來把慕聲當做半大孩子，淩妙妙更不必說。他心裡好笑得緊，臉上卻擺出真誠之色，「別誤會，是妙妙借去鎮妖用的。」

鎮妖？屋裡擺著他這麼大一尊煞神，還用得著從外面借法器？

慕聲漆黑的眸沉了沉，瞥他一眼，冰涼涼道，「我替她還了。」

凌妙妙往兩手上哈氣，蹲在雪人旁邊顫抖著等了好一會，幾乎凍成冰塊，才見到人來。初時只看到他的靴子踩在雪地裡，披風角掀起凌厲的冷風，平白帶了一股殺氣，她奇怪地抬頭去看他的臉。

慕聲沉著臉來，一眼望見凌妙妙在雪人旁邊縮成小小的一團，女孩抬起頭，臉蛋半埋在領子裡，睜著一雙杏子眼，有點懵懂地看著他，半是無辜半是訝異。心裡那股無名火剎那間煙消雲散，走到她面前的時候，又回到柔順乖巧的模樣。

「去這麼久？」

「嗯。」他含糊地應著，撩襬蹲下來，將兩手伸到她面前，掌心躺了三根長短不一的胡蘿蔔。

凌妙妙吃了一驚，「你怎麼拿了這麼多？」

冬天的食物緊缺，都是前段時間一口氣囤的，她不愛吃胡蘿蔔，不代表其他人不吃。

慕聲頓了頓，有點無措地看著手掌，「那妳挑一個吧。」

凌妙妙盯著那三根奇形怪狀的蘿蔔，考慮半天，挑了最長的一根，安在雪人臉上。妙妙笑出聲來，「這個不像人，像尖嘴啄木鳥。」說著，拔下胡蘿蔔，換了根短一些的，笑得更厲害了，「這個像我爹爹。」

再拔下來，換上最短的那根小蘿蔔，看了半晌，語氣誇張地問，「子期，你看這個像誰？」

慕聲與滑稽的紅鼻子雪人四目相對，盯了半天，沒盯出個所以然來，眨了眨眼睛，遲疑地道，「像誰？」

淩妙妙冰涼的手指在他微微泛紅的鼻尖上快速地一劃，像羽毛掃過一樣，輕佻而憐愛。隨即摟著他的脖子撲進他懷裡，笑得東倒西歪，軟綿綿熱呼呼的一團，「像你。」

柳拂衣回到房間便被那濃郁的薰香熏得滿臉，急忙推開窗，背對著慕瑤笑道，「妙妙給的這香還是不要點了吧，怪熏人的。」

「嗯。」背後傳來含糊不清的一聲應答。

「拂衣，」慕瑤喚他，聲音柔柔的，「你每天把九玄收妖塔藏在袖中，不覺得累贅嗎？」

柳拂衣覺得她今日的問題幼稚得可愛，走過來摸了摸她的臉。慕瑤也沒有避開，似羞還怯地垂下眼，一聲不吭，這柔順的模樣，格外惹人憐愛。

他憑空起了逗她的心思，「我也不是隨時都帶在身上啊。」覺察到她抬起頭看他，才眨眨眼，故意笑道，「洗澡的時候，不就不能藏在袖中了嗎？」

慕瑤雙眸明亮地看著他半晌，眸光中好似閃爍著幽幽星火，頓了片刻才低下頭，抿嘴笑起來。

「哈嚏——哈嚏——」

妙妙拍拍被震痛了的胸口，吸吸鼻子，眼睛裡浮出一層溼漉漉的水霧，感覺頭昏腦脹，後腦勺鈍痛得厲害。

在外肆意嬉鬧、堆了雪人後，第二天她就感冒了。而且這次感冒來勢洶洶，整個身體迅速淪陷，每天灌三四碗熱水也不管用。

到這個世界以來，她還是頭一回生病，渾身上下每一個細胞都在叫囂著不適應，整個人遲鈍得過分，走路都能撞上柱子。

蒸氣向上飄著，熱乎乎地撲在臉上，妙妙捧著碗，小心地吹著氣，一點一點地將碗裡的熱水喝進去。從慕聲的角度看過去，她像是叼著碗的小貓，他伸出手去，撫摸著她的後背。

「哈嚏！」

她猝不及防地打了個噴嚏，身子重重一顫，碗裡的水濺了她一臉。她緊閉著眼，睫毛上還掛著水珠，慕聲眼疾手快地將她手裡的碗奪過去。

妙妙擤了鼻子，滿臉鬱悶地把桌子和臉擦乾淨。

「好點了嗎？」柳拂衣坐在一旁，眉毛都憂心地擰了起來。幾天不見，就病成這樣，還沒初十五，恐怕醫館都還沒開門。

「嗯，沒事。」淩妙妙笑笑，眼睛紅得像兔子，聲音嘶啞。

慕聲望著她的模樣，心裡亂得厲害，在碗裡添滿熱水，輕輕擱在她面前，頓了頓，扭頭對柳拂衣沒好氣道，「柳公子身上是什麼味道？」

那股濃郁的香，平白惹得他煩躁。

柳拂衣抬起手，無辜地嗅了嗅衣袖，「不是妙妙送的香嗎？我早就說了，是太濃了些。」

妙妙的目光迷惑，語調顯得軟綿綿的，「我？」

柳拂衣頓了頓，「妳送給瑤兒的香……」

妙妙想了半天，帶著濃重的鼻音喃喃，「我好像沒有送過慕姐姐什麼東西……」

語尾未落，柳拂衣的笑容慢慢斂了。一動也不動地看著她三四秒，彷彿靈魂出竅了一般，把妙妙嚇了一跳。

柳拂衣背後一陣涼意慢慢爬上來，彷彿被人澆了桶冷水，他唰地站起來，大步朝房間外走去。

「哎，柳大哥怎麼了？」妙妙茫然地問，還未等有人回答，女孩的睫毛低垂著，似乎越來越沉重，身子一歪，猝不及防地從椅子上倒了下去。

「妙妙！」慕聲幾乎是同時撲過去，伸手接住她。懷中的人雙眼緊閉，面頰反常的紅。

他用手背一碰，她的額頭滾燙，額角的髮絲都浸溼了。驟然摸上去，彷彿摸到了一塊燙紅的鐵。燒成這樣……慕聲的指尖都在發抖，眼角發紅，將人攔腰抱起，走回房間。

淩妙妙迷迷糊糊地醒過來時，只覺得頭痛欲裂，呼吸都是灼熱的，身子卻冷得發抖，厚厚的被子蓋在身上，壓得她喘不過氣。這種頭昏腦脹的感覺，好幾年沒有過了。

什麼東西涼冰冰地貼在臉上，她伸手一摸，是慕聲的手。她一動，慕聲便立即反應過來，攬住她的腰將她扶坐起來，靠在他身上，一碗熱水送到她的嘴邊。

妙妙整個人都脫水了似的，沒有絲毫力氣，剛想就著他的手喝水，低頭一看，差點嚇了一跳。水面上倒映出他的臉，臉色比她還蒼白。

她頓了頓，推開碗，回頭好笑地看著他，捏了一把他的臉，「怎麼啦，子期。」

少年目不轉睛地望著她，眸子彷彿某種玉石，黑得發亮，「不該讓妳去玩雪。」

淩妙妙一時語塞。這個世界的醫術大概不怎麼發達，才讓他覺得發燒也可能會要人命。昏昏沉沉的腦袋裡，浮現出了些微憐惜。

「就是風寒而已，裹緊被子多睡幾覺就好了。」她清清嗓子，尾音還有點啞，在他肩膀上拍了幾下，笑了，「記不記得，我上次都被幻妖捅穿了……」

慕聲緊繃的身體慢慢鬆弛下來，扶她躺下去，撐著床俯下身，嘴唇在她的額頭上試了試，末了吻了一下，摸摸她的臉，輕聲道，「睡吧，我守著妳。」

香爐裡的香篆已經燃到盡頭，只見一點火星。

「瑤兒？」柳拂衣一面推開房門，一面快步進門。

簾子半放，慕瑤背對著他躺著，一頭青絲若隱若現地藏在被褥中。

「瑤兒，妳最近是不是有點睡得太多了？」他慢慢逼近床，猛地扣住她的肩膀，將人翻過來。

隨著他的動作，人的頭髮、腦袋和身子登時分離了。一張慘白的臉正對著他，面孔上只畫了張血紅的嘴，嘴唇一直裂到耳根，彷彿在取笑他。

床上是一具等身大的人偶。他倒退兩步，渾身上下如墜冰窟，想到什麼似地探了一下袖口，本來裝著九玄收妖塔的地方，咣噹一聲掉出一具木偶，同樣畫著血盆大口。

「傀儡術……」

屋裡一時安靜得過分。想他半生自負，竟然被一個冒牌貨蠱惑，被這小小法術給騙了？

慕瑤，九玄收妖塔，七殺鎮，端陽，怨女……數個關鍵字連成一線，柳拂衣的臉色霎時慘白。

他望著虛空，在原地沉默數秒，迅速回過神。他從袖中抖出三張符紙，在空中排成一線，咬破食指一筆劃過，一柄金黃色的光劍在空中凝成。

他反手拽下帳子，持劍一劈，床板彷彿被什麼東西燒焦了，「滋」地裂開，冒出一陣煙霧。被劈成兩半的床旋即左右分開，「匡噹」一聲砸在地上。

床板彷如棺材蓋，推開以後，陽光射進了陰暗處，他一眼看見底下露出的人。

「瑤兒！」他將人事不省的慕瑤從地上抱起，蹲在地上，顫抖著手探了探她的鼻息，在她的虎口處用力捏了一下。

懷裡的人皺起眉，嘴中喃喃，「陣……」待睜眼看清他，慕瑤淡色的雙瞳中盈滿了絕望，「她來過了……」她抓緊了他的衣袖，將那布料都捏皺了，艱難地出聲，「拂衣……陣……」

柳拂衣反握住她的手，定定望著她，「我知道。」

夜晚濃霧漸生，籠罩了竹林。

眼冒金星，喉嚨裡的鐵鏽味瀰漫不去，彷彿被人掐住脖子，又用鐵鍊穿透胸膛，每呼吸一下就是鑽心的痛。

渾身上下只有手指能動，他盲目地摸索著，地上的草根翻起，露水沾溼掌心。前幾天下過雨，泥土潮溼冰涼，將指尖凍得生疼。他將十指狠狠插入泥土中，把自己快散開的身體支撐起來。

一點紅光映在他蒼白的臉上，額上的冷汗閃著光，他感受到身旁的熱浪，難以置信地回過頭去。

以茂密的竹林為分界，一面是幽深的夜，一面是潑天的紅，紅光最濃處化作劈啪作響的火焰，火舌舔舐著傾頹的房梁，滾滾濃煙沖天而起，混入濃霧中。

剛才還在穿梭行走的人像是被烤焦的螞蟻，橫七豎八地倒在泥地裡，沒有發出一絲聲音。

離他最近的一個，白衣已經染成了猩紅色，他熟悉那張死不瞑目的訝異的臉，是白瑾。

上午才見過她，還笑著問他想吃什麼。

火光在他烏黑的眸中躍動，他怔怔地看著，像是被凍僵了。他此刻的表情，像是被獵人一箭穿心的兔子，喊叫聲卡在喉嚨出不來。他本能地張口，先一步出來的卻是淤積在胸口的濃稠血液。

他撐著地，不受控制地吐出一口黑血，飛速掩住口，目光沉滯地下落。一張染血的符紙被風捲動，上面的字跡蜿蜒繁複，如迷宮般占領整張符紙，華麗而詭異。

「小笙兒真厲害，比娘還厲害。」帶著笑意的聲音幽幽響起，嬌滴滴。

風漸起，穿梭在竹林間，嘯聲陣陣。竹葉如雨落下，擦過他的肩頭滑落。滾滾濃煙被風吹散，化作天邊濃重的烏雲。

她大紅的裙襬在風中飄蕩起來，如同一朵豔色的茶花盛開。女人妖媚的臉蛋上不慎沾染了幾點血珠，除此之外，她幾乎光鮮亮麗，不染塵埃。

他低頭看向自己的手，指尖已經在顫抖，鮮血混雜著泥土，汙濁不堪。

片刻之前，這裡還是井井有條的慕府。他都幹了些什麼？

隱約只記得月光極亮，在她的指導下，他漫不經心地畫下了反寫符的最後一筆，隨即感受到體內一股巨大的力量爆開，幾乎將整個人撕成兩半。

他瞬間被熱浪擊飛出去，險些被難以控制的能量吞沒。

再睜眼時，便是這幅景象。死寂，冰冷，天地間唯有火焰的劈啪聲，彷彿一場荒唐的惡夢。

今日是他練習以血繪製反寫符的第一日，原以為這符紙不過就是比尋常法術強了點而已。他單薄的身子戰慄起來，臉色慘白如紙，「不是，我不是……」不是想這樣的……

女人眼裡含著滿意的笑，一步步朝他逼近，「做得多好啊，你看，現在多乾淨？」

他以手撐著地，艱難地向後退，胸口的鈍痛催逼著他，他像受驚的小野獸負隅頑抗，「妳不是這樣說的……」哄他，騙他，教他一整年的反寫符……

到現在，他才有些懂了。此刻千頭萬緒像是游魚，沒命地撞著即將傾覆的船底，他的胸口悶得慌，竟然有些想吐。他咬住嘴唇，直咬得唇齒間都是血腥味。

「我說什麼了？」她猛地掐住他的下頷，朝那燃燒著的廢墟揚了揚下巴，半是憐憫半是挑釁地輕笑道，「你看清楚了，那些人都是你殺的，跟我有什麼關係。恩將仇報，養不熟的白眼狼，嗯？」

她的目光微微後錯，落在他的身後，鬆開手，意興闌珊地呢喃，「還有一隻漏網之魚呢。」

他猛一回頭，剛回來的慕瑤立在一片廢墟前一動也不動。少女死死盯著一片火光，失了聲，身形單薄得彷彿風一吹就能吹倒。

女人掏出袖箭，「團圓去吧。」

箭頭尖得幾乎看不見，閃過一星寒光，是慕懷江的法器，威力巨大。

「阿姐！」心臟幾乎在喉嚨裡躍動，他在袖箭射出的同時撲過去，袖箭帶著寒風，「嗖」地射在他的肩膀上，兩個人被這一箭震倒了。

慕瑤這才驚醒，一把拉過他護在身後，臉色煞白，「白怡蓉，妳瘋了嗎！」

又一支袖箭出手，女人栗色的眸中帶著冰冷的笑意。

「娘……」他伸臂擋在慕瑤身前，不知是冷，還是袖箭上的毒發作，他渾身上下都在顫抖，「娘……求妳不要殺阿姐……」

「慕聲啊，那麼多人你都殺了……」女人似乎是看到什麼有趣的事情，輕輕笑了起來，「現在又裝什麼好人呢？」

他的嗓音已經啞了，「娘……」

「誰是你娘？」女人的箭頭一偏，對準他的額頭，嘴角冷冷勾起，「要不是你有用，何必留你性命到今天。早就該死了，孽種。」

袖箭破空而出，瞬間往他腦門上去，在冰涼的箭頭挨住他額頭的瞬間，氣波震顫起來，空氣中蕩開一大波漣漪。彷彿有隻無形的手，生生挾住了箭，將那箭頭向旁邊一扳。「啪答」一聲，箭落在地上。

「小笙兒……」天地間迴蕩著她的聲音，溫柔的，帶著一點淡淡的哀意，拖出長長的回音。

他茫然四顧，她在各個角落，如霧籠罩，又如霧即將消散——是她。

身旁慕瑤的身子晃了晃，先倒下去，隨即是他。

一陣風拂過他的額頭，如同誰的手在輕柔撫摸著，所有的樹木，枝葉同時擺動起來，抹去他腦海裡全部的火光與血跡。

「孩子，不是你的錯，跟姐姐走，忘了今天。連娘一起……都忘了吧。」

她如煙花，在粉身碎骨、神形俱滅的最後一剎那，天地萬物，都甘願替她傳話。

「阿聲，快開門……阿聲，出事了……」

慕聲靠在床頭，茫然睜眼，眸子一動也不動地望著虛空，許久才有了焦距。稍稍一動，淤積在胸口的情緒化作烏血，驀地從嘴中湧出。

他伸出袖子擦了擦唇畔血跡，回頭一望，床上的女孩雙目緊閉，尚在昏睡。臉色依然因發熱而通紅，嘴唇卻蒼白。她的手緊緊攥著他的衣袖。

他冰涼的手覆上去，包裹她滾燙手背的一瞬間，才慢慢回歸理智。他冷靜下來，鬆開妙妙的手，輕輕放在被子裡，去開了門。

柳拂衣撩襬坐在床邊，嘴角都起了血泡。即使妙妙還沒醒，他依然刻意放低聲音，飛速地吐出一連串令人絕望的消息，「怨女假扮瑤兒，篡改了七殺陣，拿走了九玄收妖塔。我們被困住了。」

慕聲安靜地聽完，抬眼，漆黑的眸望著他，「改成了死局？」

柳拂衣沒料到他一語中的，張了張口，沒說出話來，蹙著眉頭默認。

慕聲沉默半晌，「出得去嗎？」

柳拂衣長久地望著他，輕輕搖了搖頭。

凌妙妙是被系統驚醒的。

她尚在昏昏沉沉的深眠中，系統突然在她的腦子裡播放了整整三分鐘長的掌聲喝采音效，活生生將她炸醒。她茫然地睜大眼睛盯著帳頂，歡呼之後，傳出了充滿激情的女聲。

「恭喜穿書玩家【凌妙妙】，任務一圓滿完成，完成獎勵【符咒無效令】，請再接再厲。」

凌妙妙愣了半天，扁扁嘴，幾乎要哭出來。

任務一已經完成了。也就是說，她費心費力設置的那個通道根本沒用，收妖塔已經在怨女手上，他們已經被怨女困在死局中了。

兜兜轉轉，無論她如何奮力掙扎，仍舊走回原著的結局。

「七天之後，就是第一次熔丹。」凌妙妙豎著耳朵，耳邊柳拂衣還在憂心地說話。偌大的陣包裹住整座宅子，不僅像牢籠般隔絕進出，更像是一個巨大的胃，要將裡面的活物一點一滴地消化殆盡。

被怨女動過手腳的七殺陣，就是這樣的死局。每隔七天合攏一次，消滅陣中的獵物，是為「熔丹」。

會法術的人，拚盡全力也熬不過第三次，像她這樣不會法術的普通人，連第一次也熬不過去。

慕聲聞言，目光果然落在妙妙身上，「就沒有別的辦法？」

柳拂衣欲言又止，緘了口。慕聲看著他的眼睛，「只剩那個辦法了是嗎？」

柳拂衣搖頭，「不到最後一刻，不要往那條路上想。」他伸出手拍拍慕聲的肩，眼底含著一點堅定的光，「別擔心，有我和你姐姐在。」

慕聲罕見地沒有躲開，只是安靜地整整妙妙的被角，纖長的睫毛垂下，「她已經燒第三天了。」

柳拂衣伸出手摸了摸妙妙的額頭，被這溫度嚇了一跳，「廚房裡還有些藥……」

慕聲黑亮的眼一眨也不眨地盯著他，眸中翻湧著複雜的情緒，睫毛動了動，「你說，會不會是因為我……」

「不會。」柳拂衣剎那間明白了他的意思，猛地打斷，「你別多想了。」

即便真是如此，在這個當前也不能說。

少年露出個若有似無的自嘲微笑，垂眸不再言語。

淩妙妙直挺挺地躺在床上，手腳發涼，還在思考剛才聽到的對話。

那個辦法……在《捉妖》裡面，死局並非不可破。實在走投無路，只要有個人鑽進陣心，以身祭陣，其餘的人合力破陣，便有機會求得一線生機。不僅是對付這個被改造的七殺陣，破任何一個陣，都可以用這個辦法。

但是他們四個人，就像是桌子的四條腿，少了哪一條，都會讓原本平穩的局面失衡。所以柳拂衣才會說，不到最後一刻，絕不考慮此法。

原著裡，慕聲暗中與怨女聯手阻撓主角的幸福之路，致使慕瑤和柳拂衣被困在陣中。二人熬過了兩次熔丹，實在沒辦法，慕瑤為了保護所愛，決心犧牲自己，悄悄祭陣。

就在生死關頭，黑化的大反派慕聲不知怎麼想的，一聲不吭地鑽進陣心，代替阿姐赴死，女主角因而保下了性命。慕聲的心態實在過於幽微，難以解釋。或許他還是捨不得看慕瑤死，或許他早就不想活了。

總之，第一男配角兼反派二號，以這樣的方式成就了男女主角的幸福。當時，淩妙妙還為他流了兩行眼淚。只是現在，只要一想起這個結局……

算了，想都不能想。這一世，慕聲的人生軌跡已經和姐姐脫開，應該不會再做同樣的事情了吧……

「系統……」她的睫毛煩亂地顫著，將手腕搭在滾燙的額頭上。這麼燒了三天三夜，她覺得自己的腦裡像是烤了一鍋豆腐，「我為什麼這麼難受？」

「叮——系統提示：宿主的身體狀態為劇情安排，並無特殊情況，請宿主稍安勿躁，繼續任務。提示完畢。」

妙妙暗罵了一句，又在熱浪中昏睡過去。

慕聲將她的手腕拿下，掀開被子將人攬起，解開她的中衣繫帶，露出少女白皙的鎖骨，他用沾了冷水的手巾，從她的臉一直擦到胸口。

懷裡的人不安地動了動，伸手摟住他的脖子，耍賴地抱住他。妙妙連嘴唇都是滾燙的，悶悶地貼在他的脖頸上，隨著說話微微震顫，「冷……死了。」

慕聲頓了頓，撫摸著她散下來的柔軟長髮，「乖，要降溫。」再這樣燒下去，用不著等第一次熔丹，她的身體就先垮了。

淩妙妙摟著他不放，明明燙得像個大火爐，身子卻在發抖，「嗯……你是涼的。」

少年的眼底通紅，小心翼翼地抱著她，闔上眼睛，睫毛顫著，輕輕吻在她的髮頂。

「妙妙，醒醒。」

淩妙妙被人從床上撈起來，迷迷糊糊地睜開眼，視線有些模糊，只能看見慕聲蒼白的手背上明顯的血管。她用力晃了晃腦袋，一碗熱氣騰騰的藥抵在她嘴邊。

慕聲扶著她的肩膀，將她圈在懷裡，另一隻手穩穩地端著碗，低頭去看懷裡的人，下巴輕輕抵著她的髮頂。

「唔。」她無力地吐出一口氣，覺得自己彷彿是一隻噴火龍，不知道在火山上睡了多久。如果不是慕聲每隔一段時間把她撈起來，給她灌點涼水，她的皮膚都要像乾涸的土地那樣龜裂了。

碗裡的藥散發著奇異的味道，藥的苦味裡含著一股若即若離的香，彷彿是誰把胭脂水粉丟進去煮了似的。淩妙妙聞到這個味道，有些反胃，向後躲了躲，「這是什麼？」

這些日子，高熱影響食欲，她幾乎什麼也吃不下去，身體虛得厲害。

「是藥，喝了。」碗沿追著她的嘴唇跑，不容置疑地抵上去。

妙妙按捺了一下情緒，就著他的手喝了一小口。藥的溫度正剛好，苦得舌頭都麻痺了，後味竟然帶了點甜。

不加這味甜還好，一旦有了這股甜味，就變得不倫不類，淩妙妙的胃頓時翻騰起來，她輕輕推開碗，小聲道，「不想喝。」

慕聲頓了一下，仍然緊緊圈著她不放，強硬地哄道，「喝完。」

凌妙妙用力搖頭，眉頭蹙了起來，抿起嘴唇。別說喝完，多聞一會這股味道，她都控制不住地想吐。

慕聲僵坐在原地，似乎猶豫了一下，旋即伸手捏住了她兩腮，手上用了幾分力，撬開她的嘴。凌妙妙見勢不妙，頓時掙扎起來，但他的手臂收緊，將她禁錮在懷裡。妙妙的雙頰吃痛，在他的挾制下被迫張開嘴，他傾碗便灌了下去。

「必須喝。」這樣強勢的行徑，已經好久沒有出現過了。

溫熱的藥汁順著她的喉嚨灌下，整個人都戰慄起來，幾乎沒吃什麼東西的胃受了刺激，她猛地一嗆，剛灌下去的藥全吐了出來。

凌妙妙被嗆得死去活來，眼淚都流出來了。若不是少年的手臂緊緊抱著她的小腹，她幾乎要衝出禁錮，直接軟綿綿地趴到地板上。

慕聲僵硬地坐著，感覺到她的身體在懷裡抽搐，緊抿著唇，似乎在勉力控制著自己的情緒。

凌妙妙緩過勁來，氣得正要罵人，見他被自己吐了一身，衣服溼淋淋，失魂落魄地坐在那裡，心裡有些愧疚，斜睨著他，「誰叫你要那樣灌我……」

慕聲的臉上沒什麼表情，只是緊緊地抱著她不說話。

「其實不用喝藥，多睡幾覺就好了。」凌妙妙的喉嚨在灼燒，費力地解釋，「就是普通的風寒……」

「不是普通的風寒。」他的情緒終於打開了閘口，彷彿有什麼東西驟然破裂，他定定地看著她，眸子裡閃爍著近乎脆弱的情緒，「是因為……」他啟唇，卻沒能說出口。

他非但為半妖之身，還是命格反常的魅女之嗣，邪得連魅女族群都不敢認他，何況淩妙妙這麼一個孱弱的普通人。天天與他在一起，受他的妖氣浸染，長此以往，底子被掏空了也不奇怪。

淩妙妙茫然地等著他，兩頰暈紅，嘴唇乾裂。他最終緘口，將她輕輕放回床上，端著碗站了起來，「我一會便回來。」

妙妙蜷在床上，怔怔瞧著他，見他只有一邊袖口紮緊，另一邊袖口放下，幾乎蓋住了手背。再聯想湯藥裡那股邪門味道，心裡突然明白了大概，一陣酸楚。

慕聲回房間換過衣服，再度去了廚房。

爐子上熬著藥，發出咕嘟咕嘟的沸騰聲。他立在砂鍋前一動也不動，似乎出神地看著偶爾閃動的明火，又像是在看著虛空發呆，睫毛在眼底投下一片淺淺的陰影。

半晌，他掀開砂鍋蓋子，盛了一碗藥，旋即抬起手，將袖子向上一捲。青白的手腕上傷痕密布，道道橫亙的血痕顯得觸目驚心，最新的那一條沒有癒合完全，邊角還滲著血珠。

他舉著手腕，臉上的表情極淡，右手拿著匕首在上面比了比，似乎在冷酷地考量在哪裡下刀，可以輕鬆見血。最終，他將刀尖抵住最新的那條傷口，決心壓在上面，將癒合的血肉嚴絲合縫地再度拉開。

這麼想著，他將手腕輕翻，靠近了碗邊。

「慕聲。」背後冷不防地響起一個聲音，少年的睫毛猛顫一下，凍結的神情這才有了裂痕，顯出了活人的情緒，手上的匕首「噹啷」一聲掉在腳邊。

淩妙妙穿著雪白的中衣，鬆鬆披了一件靛藍的襖子。這幾日她消瘦不少，臉藏在襖子裡，越發顯得小而蒼白。

她瞪著他，慢慢地走進廚房，沒好氣地拉住他的衣角，把無措地看著她的人牽了出去。

宅子裡還有一些備用的紗布，淩妙妙將慕聲傷痕累累的手墊在上面，費力纏了幾圈，最後狠狠地打了個結。打結時碰到他的傷口，他的手輕輕顫了一下，雙眸亮亮地看著低著頭的少女，沒有發出一絲聲音。

「下次敢再給我劃開，我就打你。」淩妙妙邊打結邊咬牙切齒。

隨後將下巴抵在手背上，在桌上趴下來，恨恨地盯著他腕上纏的厚厚一層紗布，半晌，拿指頭戳了一下。

「你的血就那麼有用嗎？」她接著說起話來，撇去嗓子的那點啞，幾乎和平時沒什麼兩樣，「萬一你受傷了，就劃自己一刀，放點血給自己喝，然後便好了……」她幸災樂禍地笑出了聲，「那你不就成了個永動機了嗎？」

慕聲看著她的臉，瞳孔烏黑發亮，依舊沒有笑。

凌妙妙慢吞吞地伸了個懶腰，「放心吧，我命硬得很，你剋不死的。」

他的眸子一動，眼裡那湖面驟然起了波瀾，彷彿閃動著水光，「可是……」可是他真的害怕，怕極了。

凌妙妙默默回憶原著的情節。原版凌虞和慕聲一場表面夫妻，被情蠱控制才不得脫身。大反派以身祭陣，情蠱自然也失效了。照理凌虞應該從此自由，終於從苦海中逃脫了才是。

可是凌虞最終的結局，卻是在得知慕聲死訊的那一刻，瘋瘋癲癲地跑進深山老林裡，用一根繩子結束了自己荒唐的一生。這對怨侶沒能同生，卻陰差陽錯地共死，慕聲赴死之時，也就是凌虞生命的盡頭。

邪門的高燒許久不退，她能感覺到這具身體的各項機能都在慢慢衰退。

誰知道這垃圾系統是不是暗示她快死了？可是面對渾身緊繃的黑蓮花，哪能再刺激他？

她伸手握住他的手，放在唇邊蹭了蹭，要賴似地晃晃腦袋，「我說沒事就沒事……」

少年將人抱在腿上，捧起她的臉，發瘋似地吻著她，一遍一遍潤溼著她炙熱的唇。

入夜了，樹梢掛上一輪彎月。

主角一行人在這陣中，不知不覺已經待了六天。這六天裡，他們將能試的方法都試遍了，連畫符的黃紙都快用光了。

這道陣像是寂靜無聲的黑夜圍攏下來，滲入空氣中，防不勝防，無處可逃。

少年站在入口的臺階上，毫無睡意地望著月亮，手指無意識地撥弄著腕上垂下來的紗布條。

淩妙妙強撐病體為他包紮傷口，像是反噬似的，她在夜晚陷入了半昏迷的狀態，整個下午都沒有醒過來。

明天就是第一次熔丹了。她這樣的狀態，幾乎毫無抵禦之力。

他抿著唇，眸色黑得深沉，彷彿沉寂的夜色融進了他的雙瞳。他甚至開始遷怒自己的傷口——如若不是淩妙妙放過話，他甚至想要再來兩刀，越痛越好。

一道白色的人影閃動，站到了天井中，猶豫片刻，慢慢走進了他的視野。

「阿姐。」他叫了一聲。

慕瑤摘下了兜帽，露出月色下清麗的一張臉，眼角的淚痣閃著光。驟然與他面對面，她的表情有些局促。

「我來看看妙妙。」她的聲音乾澀。

慕聲引她進屋。慕瑤坐在淩妙妙的床邊，用帶著寒氣的手摸摸她的額頭，很是滾燙。女孩的睫毛在睡夢中不安地顫動著。

慕瑤無言地望著淩妙妙，聲音似乎沾染上了露水，「我很喜歡妙妙。」她撫摸著淩妙妙的臉蛋。

慕瑤的性子一向很淡，這樣親暱的動作她做起來有些生疏，但她堅持做著，彷彿小孩子笨拙地表現著留戀，「如果我有妹妹，一定是像妙妙這樣的。」

慕聲一聲不吭地坐在一旁，靜默地聽，沒做出什麼反應。

「阿聲，你要好好照顧妙妙。」

慕聲看向她。

慕瑤轉過身來，微笑著注視他，見他不抵觸，半晌才開口，「阿聲，想跟阿姐下一局棋嗎？」

「好。」慕聲頓了頓，答應了。

他在床邊的桌上熟練地擺好棋具，依照從前的習慣，將白子推給她。

「我們今天換種下法吧。」慕瑤開口。

慕聲執棋的手微微一頓，「什麼？」

慕瑤垂眸，平靜地說，「就按你上次說的，誰先連成五子，就算誰贏。」

那盤沒下完的棋，最終被她意興闌珊地推翻，沒想到變成他們決裂之前最後一次對弈。終究是遺憾。

慕聲漆黑的眸望著她，沉默了一下，答應了，「好。」

「我第一次見到你，是在菡萏堂的窗戶外。」慕瑤隨意地落子，「你小時候垂著頭髮，長得像個小女孩，看起來很乖。」

那個時候，被黑紙封住、暗無天日的室內，他一個人在黑暗中坐著，阿姐帶著一尾陽光進來，一遍一遍地對著他說，「我會救你出去的。」

人生因此而亮起一個角，那是他最初的光明。

「對不起，一直以來，我對你太過嚴苛。」慕瑤笑了笑，一盞昏黃的燈，落在她寂寞的側臉上，「那是因為，我在世上沒有別的親人了。」

慕聲低頭望著棋盤，他的棋已經連成一串，但沒有刻意出言提醒。

「從前下棋，你是刻意讓我的吧。」慕瑤輕輕放下了手中的棋子，心滿意足地盯著棋盤看，「這次你贏了，阿聲。」

她站起身來，從容地戴上了兜帽。提著燈走到門口。

「阿姐……」

慕聲立在她背後，短促地出聲。

她聞聲回過頭，微笑道，「從今以後我便明白了，圍棋不只一種下法。」身影漸行漸遠。

「阿姐。」少年的眸子漆黑，再次叫住她，「你們的房間在那邊。」

戴著兜帽的人影隱在黑暗中，只餘手上一盞燈光，她一怔，回應散在晚風中，「我知道。」

慕聲望著她，一把抓起外裳，邁出門檻，「阿姐找不到路，我送妳回去。」

他單薄的身影如同一道強硬的風，揮開所有迷濛的霧。

正是雪後寒，潮溼的冷風似乎要往人骨子裡鑽。慕聲走在夜色中時，不顧西風如刃，整個人都被吹得涼透了。

回來之後，他在炭火前暖過身子，才掀開帳子去看裡面的人，彷彿小孩子小心翼翼地打開裝著寶貝的匣子。帳子上邊角的鈴鐺隨著他的動作輕輕響動。

淩妙妙睡得平平整整，兩排睫毛安靜地翹著。因為高燒的緣故，她的頰上始終泛著紅，像是平日裡睡熱的模樣，讓他想抱在懷裡親一親。

在這樣的豔色掩蓋之下，她的生命一點一滴地流逝著。

他將淩妙妙攬起，冰涼的唇碰了碰她的臉頰，她軟綿綿地靠在他的懷裡，雙眼緊閉，沒有甦醒的跡象。

「妙妙。」他在她耳畔輕喚一聲，像情人之間的呢喃，他將小碗端著，傾到她嘴邊，她也沒有張口。

慕聲自己喝了兩口，捏住她的下頷，渡給了她，垂下的睫毛柔順虔誠。

餵完一碗水，他仍停留在她的唇上，輾轉不去。二人的鼻尖輕輕相碰，他的吻是冰涼的。

他將淩妙妙放下來，蓋好被子，拉下了帳子。

桌上擺了一盞精緻漂亮的琉璃燈，雕刻成睡蓮模樣，花心是搖曳的燭火，映照著桌面上的黃紙。

浸淫筆尖，挨著粗糙的紙面，畫下的線條極其纖細，像是小蛇的舌頭，有種氣若游絲的意味。

硯臺裡的墨已經乾涸，凝固成裂開的塊。他的筆尖頓了頓，蘸了一下手腕上的傷口，線條又恢復了飽滿的深紅。

風吹動被小心拆下來的紗布，空氣中飄浮著一股淺淺的甜膩。他面不改色地捏了一下手腕，讓血湧得更歡快些。血是不能倒出來到硯臺裡的，會乾，要新鮮的才好。

他畫好一張，便堆在一旁，很快交錯地堆滿了一疊。搖曳的燭火透過琉璃花瓣，映照在他專注的臉上，帶著瑩瑩的眩光。

一刻鐘前，他將慕瑤送了回去，親自交到柳拂衣手上。

他看出來了，慕瑤與他想著一樣的事情。只是凡他還是個男人，便不可能眼睜睜看著她動手。阿姐已經有此打算，這提醒他應該更快一些。

慕聲抬眼望向窗外，眸中水色柔潤，眼角翹起來的那個小小的尖，像是名家縱情又收斂的一勾，盡頭留白，也留下了欲說還休的情。

夜色如墨傾灑，遠處的樹木影影綽綽，只剩下烏黑的輪廓。彎鉤般的月牙觸不可及，老練地旁觀人世，外頭安靜得連蟲子的鳴叫聲都沒有。

原來，沒有淩妙妙說話的時候，他的世界是這樣死寂。

他一張一張畫著，在心中計算著時間，畫好的符紙越堆越高，直到晨光從天邊亮起，逐漸籠罩整片天幕。整片天空從下向上，層疊浸染了淺白和淡黃，樹木的枝葉由下而上，逐次帶上了昏暗的墨綠橘紅。

遠處的鳥雀發出清脆的鳴叫聲，迴蕩在天地間，引得耳邊也一陣「啾啾啾」的響。他仰起頭，掛在書桌前的籠子左右搖擺。聲聲一邊叫著，一邊拍著翅膀上躥下跳，保留了野生鳥雀練早功的習慣。

他停住筆，垂下眸子，將堆起的符紙攏成一疊，點了一遍。隨即從抽屜裡拿出一只新的白色香囊，解開秋香色的細細絲帶，將乾燥花全部取出來，把那厚厚一疊符紙捲起來，塞了進去，封好香囊。

他的臉色蒼白，越發顯得綴在臉上的一雙眼睛漆黑，冷得幾乎失去了知覺。但在掀開帳子，看到妙妙的臉那瞬間，他成功地感受到自己的心跳聲。像拆開了一件期待已久的禮物，像新郎官掀起新娘子的蓋頭。

凌妙妙像是沉睡的仙子，雙頰像飽滿的蘋果。

他將手搭在她的額頭上，慢慢下移，撫摸過她的臉，又落在她柔軟的脖頸。他的眸光暗沉，眼角一點點沾染上紅色，他的手愛憐地撫摸她頸上柔軟的皮膚，旋即慢慢收緊。

這樣的柔軟和脆弱，只要稍稍用力，她就永遠、永遠都是他的。不會對別人笑靨如花，不會在他不在的時候，與別人共度一生。

他感受到了她跳動的脈搏。一被壓迫，血管便震顫起來，這樣的觸感，就好像是雙手攏住野生鳥兒的翅膀，在極度脆弱的皮囊中，蘊藏著跳動不息的心臟。

他的前半生張狂自負，酷虐成性，出手絕不留情，偏栽在這樣這樣脆弱的生命下，心甘情願地被馴服。又嚮往，又恐懼，恨不得殘忍地吞吃入腹，又唯恐傷到她一根手指。

他鬆開了手，長久地凝望她。最終只是極輕地揉揉她的臉。隨後他俯下身來，低頭在她的腰間繫上香囊。說來奇怪，往常幾秒鐘便輕巧繫上的結，這次卻怎麼也繫不牢。

他拆了又繫，手指顫抖起來，半晌，感覺到有什麼冰涼的東西劃過臉龐。

香囊濺上兩點殷紅，像斜打的雨絲，劃出一個纖細的驚嘆號。

他凝視著指尖的血跡，濃密的睫毛垂著。原來離別之淚，是這樣的滋味。

他將指尖血跡塗抹在她蒼白的唇上，粉飾出一位豔麗的新娘。在女孩的額頭上吻了一吻，唇長久地停留，直到失去溫度。

他脫下手腕上的收妖柄，套在她的右手腕上。他看著妙妙的模樣，滿意地微微笑了，笑得如同柳梢新綠出，枝頭迎春放。一左一右，都是她的。

一張定身符輕輕貼在她身上，將帳子掩上遮住裡面的人，只剩窄窄一條縫，還看得見她的臉龐，宛如不捨而珍重的落幕。

天光已然大亮，他的輪廓逆著光，像是被鍍上一層白亮的邊，他伸手將鳥籠取下。籠子旋轉著，他打開籠門，正對窗戶，將籠子輕輕一拍。

「唧唧——」鳥兒從牢門中飛出，鑽出觀景窗，自由地躍上牆頭，旋即拍著翅膀，飛到了更遠的樹梢。

天空廣袤無垠，晨曦初綻。少年立在光暈中，望著天地間遨遊的那個黑色小點，寒風捲著餘雪的清寒，盡數灌入窗口，捲起他的烏髮和衣袖。

開春天氣回暖，等不到了。

「叮——系統提示：【符咒無效令】已生效，宿主可自由活動，物品使用完畢。」

妙妙被這聲音驚醒，睜開眼睛。一絲冷風灌入帳子，將她凍了個寒顫。

帳子半揚起，露出桌子的一角。唇齒間留著甜膩的血腥味。

凌妙妙坐起身來將帳子一掀。房間裡沒有人，窗戶被風推開，幾片乾枯的落葉夾在窗櫺上，簌簌作響。桌上的筆墨收拾得整齊，幾乎像座沒人用過的嶄新案臺。桌子上擺著空蕩蕩的鳥籠。

凌妙妙霍然掀開被子下床，身上飄下一張黃紙，她撿起來一看，是定身符。

像一對銀鐲子套在她腕上的收妖柄噹啷作響，還有腰間多出的香囊。她眼見香囊上似有血跡，渾身都像被凍結了。伸手去扯，香囊彷彿死死黏在她身上，卸不下來。

他說過的，給她繫個不會掉的。她在腰間打開了繫帶，將香囊擠出個小口，從裡面艱難地拉出一張符紙。

反寫符。又拽一張，還是反寫符。整個香囊裡面，都是反寫符，夠她用一輩子。

寒風如刃，幾乎颳花了她的臉，臉上縱橫的淚痕被吹得發疼。她疾步走著，冷靜地抹一把臉，抹到滿手冰涼的水，幾乎結成冰屑。

怨女篡改七殺陣，陣型變動，陣心也跟著偏移。他們無法輕易找到陣心，但她是知道故事結果的，她的腳步不停，直奔那裡而去。

幾天沒有好好吃過東西，身上沒什麼力氣，即使天寒地凍，單薄的中衣很快便被冷汗浸透了。凌妙妙的兩頰發燙，燒得更厲害了，整個人彷彿要化作一團火，在這冰天雪地裡劈啪爆開，直至燃燒成灰燼。

她的眼淚無聲地流著，像蜿蜒的小溪劃過臉，聚在下巴，然後一滴一滴落下。到這個世界以來，除了裝的和痛的，她很少這樣抑制不住地哭過。有什麼好哭的呢?大不了就回家，她根本不怕。不玩了，不攻略了，只要這個世界不崩塌，還依舊完好地運行著，跟她又有什麼關係。她從不是救世主，不過是普通人。

淩妙妙拿袖子抹一把眼淚，更多的眼淚卻湧了出來，她整個人在冰天雪地中邊走邊抽泣起來。

都怪他把她的鳥放了。這麼冷的天，他連暖和一點的日子都不肯等。

她終於看見了院中澄黃的光點，又擦了一把眼淚，一頭栽了進去。

天地驟變，氣波化作一縷一縷。像是菊花纖細的花瓣，感受到自投羅網的小小昆蟲，花瓣層層疊疊地收攏，將她圍在中央。

方寸之地，瞬間只餘頭頂透光，黑漆漆的牢籠裡，困住她一人。

淩妙妙四下打量了一下，破涕為笑。匆匆忙忙，早來一步。她鬆了口氣，毫無形象地坐在地上。

「叮——警告：任務尚未完成，請玩家離開高危險環境!

「叮——警告：重複提醒，請玩家離開高危險環境!

「叮——警告：若玩家身殞，則未完成進度視為任務失敗，將會傳送至懲罰世界。請玩家慎重考慮!」

警告提示聲如浪潮響起，淩妙妙睨著頭頂的一線光，咬著唇，充耳不聞。

去非洲挖煤，還是去美洲淘金，抑或是戰爭世界裡被血肉模糊炸死無數次。反正，懲罰世界過後總歸可以回家。到時候，她就把攻略失敗的黑蓮花納入黑名單，永遠綁在她人生的恥辱柱上。

提起他的名字，想起來的只是字面上的討厭，絕不是這樣的難過。這樣想著，眼淚又湧了出來。她抹了一把臉。

水浪似的花瓣動了動，露出一點光。一個曲線曼妙的人影慢慢投在她的眼前，彷彿有人隔著屏障站立著。

令人酥麻的聲音響起，整個空間被聲波震顫得嗡嗡作響，「真想不到，最後來的是我兒子的小媳婦。」

淩妙妙拿手倉促地理了理頭髮，「別這麼客套。妳不是魅女，慕聲也不是妳兒子，我們頂多是陌生人而已。」

「哼。」怨女冷笑一聲，聲線裡含了一絲冷意，「妳倒清楚得很。等會熔丹，陣心的人要承受增強千百倍的攻擊。想不想知道人會變成什麼樣？」

她的聲音柔柔地發笑，「真想知道，在妳化成灰之前，能不能撐過一彈指的時間。」

淩妙妙無動於衷的沉默，令她有些惱怒，「一個普通人，竟然不自量力來祭陣，愚蠢至極……」

「暮容兒，」凌妙妙出聲了，「天下比妳想像的大得多。在這裡妳是設局者，占盡先機，安知在別處妳不是別人手上的棋子？這個世界波詭雲譎、那樣廣闊，別處看來，興許只有一本書那麼大呢。」

怨女發出了短促的氣聲，似是不悅至極。那縷微光猛地消失了，一片令人心驚的黑暗猛地包裹住她，突然間一片死寂。

「叮──警告：請玩家離開高危險……已啟動高危險紅色預警，請玩家……

「叮──警告：未知攻擊已超出紅色預警防禦範圍，極可能造……

「叮──警告：未知攻擊已超出紅色預警防禦範圍，極可能造成宿主死亡，請……」

交疊的警告聲鋪天蓋地地傳來，每句話說到一半，就會有新的警告衝進來，蓋住下半句話。凌妙妙覺得，系統有些忙不過來了。

隨即第一道攻擊劈頭落下，凌妙妙低頭一避，身上藍光紅光交錯迸出，形成一個巨大的保護罩。

就算是如此，剛梳起來的頭髮還是被打散了，彷彿被人電擊太陽穴，整個人有瞬間失去了意識。她握緊腰間的香囊，感覺到裡面有半數符紙變作軟塌塌的灰燼。

又是一道落下來。

「叮──警告：未知攻擊已超出紅色預警防禦範圍，可能造成宿主死亡，請做好心理準備……

「叮——警告：角色【淩虞】資料庫受損，資料正在丟失，請宿主……」

淩妙妙晃了晃昏昏沉沉的腦袋，仰頭望向頭頂眩目的光。

宅子某處出現了一點光，旋即是整個陣的異動，腳下的大地搖晃起來，假山上的碎石塊噗嚕嚕地往下滾落，咕咚咕咚地砸進水池裡。

慕聲的腳步驟停，空冥的眸子一眨也不眨地望著亮起的那一處。

有人鑽進陣心了。這個念頭剛浮現出來，迎面便碰上聞聲而動的柳拂衣和慕瑤。二人手中都拿著法器，頭髮被風捲得凌亂不堪，正疾步朝這邊走來，驟然看見他，也愣住了。

慕聲的臉在一瞬間褪盡血色。他一句話都沒能說出口，旋身飛奔回到房間，「匡」地推開門。

帳子開著，床上已經空了。風吹動了桌上的黃紙，他走過去，桌上擺著數十張他裝進香囊裡的反寫符，歪歪扭扭地拼成個微笑的臉。

少年低頭看著桌面，身子眩暈地晃了一下。只是極快的一瞬，他回過神，剛奪門而出，便被趕來的柳拂衣架住了。

「阿聲，阿聲……」柳拂衣一疊聲勸著，企圖把他的理智喚回來。

四個人裡唯獨少了妙妙，他和慕瑤猜到發生了什麼事，抓他肩膀的手用了幾分力，捏住他的肩胛骨，「你聽我說。」

慕聲的眼眸極黑，一聲不吭地抬眼看他，投過來的目光，是瘋狂前空冥的寧靜。

柳拂衣的聲音因為著急而有些顫抖，「一旦有人進去，陣心就會合攏，外面的人進不去的。」

非但進不去，一旦靠近，還會被劇烈變動的陣心能量波及，平白搭上一條性命，等同於主動找死。他們已經失去妙妙了，不能再搭上一個慕聲。

「你放開我。」慕聲盯著虛空，「我能進去。」柳拂衣皺起眉頭。

慕聲冰涼的目光掃到他臉上，眸中黑色濃重，彷彿有什麼已經碎裂了，語氣像是割肉的刀子，又輕又利，「淩妙妙那麼喜歡你，你忍心看她去死嗎？」

他的睫毛極輕地垂下來，「還是你想廢了這隻手？」

柳拂衣剛要開口，慕瑤出聲道，「讓他去吧。」

她眼裡水光瀰漫，一眨眼淚便撲簌簌地落下來，她無聲地流著眼淚，扭頭對著柳拂衣道，「今日換做是我，你希望阿聲攔你嗎？」

柳拂衣神情一動，鬆開手，少年便如一陣風飛速地颳過他的掌心。

「阿聲！」身後遠遠地傳來柳拂衣的聲音，彷彿不喊出來，就沒機會告訴他似的。「妙妙從沒喜歡過我。她與我們出來的第一天，在宛江船上醉酒那一次，她喊的就是你的名字。」

慕聲的腳步一頓，旋即猛地朝陣心飛掠而去。黑色衣襬像旌旗般飄起來，發出獵獵響聲，在顫動的大地和空氣中，彷彿一隻雨燕，直衝陣心。

「我這人小家子氣，遇到大問題，不敢輕易回答。不過如果我的至親或者愛人已在局中，我願意為他生、替他死。」

嫣紅的色彩如藤蔓般一點點爬上眼角，宛如虛空的手執筆作畫，為畫中人添上妖豔詭異的妝面，他的臉上含了一點虛妄的笑意。

「我等你很久了，子期。」

原來從一開始，就乖乖在等他了。

「警告：角色【淩虞】資料庫受損，資訊即將丟失，請玩家……

「警告：預計攻擊即將造成重大損害，請玩家做好準備……」

「嗡——」一聲尖利的嗡鳴，像是熱水壺沸騰時高亢的鳴叫，抑或颳過密封房間的狂風，旋即是地動山搖的巨響。

吵鬧的警報聲驟然暫停，淩妙妙茫然地抬起頭。頭頂上的一小團亮光像是被什麼人給撕開，一道狹長的裂口由上而下出現，湧入的強光猛地刺痛她的眼睛。

淩妙妙抬手擋了一下，眼淚都被刺激出來，滿眼昏花。

旋即，什麼東西落在她的頭髮和肩膀上。她揉了揉眼角，天上天女散花似地落下許多符紙，劃過她眼前。紙上血紅的字蜿蜒，未乾涸的筆劃淌了墨，拉出長長的線，宛如流著血淚的人。

一個黑色的影子沿著那道裂口，迅速落了下來。淩妙妙睜開眼睛，與來人四目相對。

認識慕聲這麼多日夜，從來沒有見過他這種臉色。他的臉色青白，嘴唇毫無血色，渾身上下都被冷汗浸透。唯有眼眸兩點漆黑，幽幽地望著她，看上去像是地府來的少年鬼差。

「想死是嗎？」他嘴唇輕啟，聲音很低，「正好，我也不想活了。」

淩妙妙的腦中一片空白，被揚起的衣裙繫帶，不住地輕碰她的臉。晃動的氣波顯示熔丹沒有停止，還在繼續。

他望著她，停了片刻，果然從嘴角溢出一絲血線。從不曾有人闖進閉合陣心的先例，他為達目的不擇手段，已經到了邪術反噬自身的地步。

淩妙妙絕望地看著他，身子顫抖起來，先前只是抽泣，現下徹底變成崩潰的大哭。他無謂地順手擦去嘴角湧出的血，抬頭望了一眼陣心的小小開口。二人如同井底之蛙，只能看得到頭頂極高的一線希望，卻永不可及。

他將妙妙一把拉過來，強硬地摟進懷裡。幾乎是同時，新一輪的攻擊隨之落下，整個陣心的空間似乎都被拉扯變形。

警報聲沒有再響起。之後的攻擊，全部落在慕聲身上。

淩妙妙被他死死壓在懷裡，動彈不得，連呼吸都有些困難，痙攣的手指抓皺了他背後的衣服，捏緊又鬆開，手心滿是冷汗，「放開，放開……」

慕聲靜默地抱著她，額角青筋浮現，隨著每次攻擊跳動，但他一聲也不吭。

熔丹有了片刻間隙，他終於鬆開她，冰涼的手捧住她的臉。

「妙妙……」他開口，眼眸有些渙散，手指貼著她的耳側，一點一點磨蹭著，將她的臉摩擦得發熱，整個人在不受控制地打冷顫。

他的睫毛低垂，顯得異常柔順，「我想聽……想聽妳說一句……妳喜歡我。」

淩妙妙哽了一下，兩隻眼睛刺痛，抓著他的手，控制不住地抽噎著。

「嗯……我喜……歡你。」喜歡……你。喜歡你。

天邊反常地泛起一層紫紅色的雲，如同波濤滾滾，從陣心倒湧上天，遮天蔽日，天色忽明忽暗。

由於陣心的異動，整個陣變得狂躁起來，急遽顫抖著。所有的飛禽走獸、地上爬蟲，均不安地亂行，失去方向。飛鳥不住地撞在樹幹上，發出喑啞的啼鳴。

柳拂衣和慕瑤肩並肩站著，勉強抵擋著熔丹，柳拂衣的後背浸溼了一片，慕瑤的額頭也落下豆大的汗珠，臉色白得像紙。

「瑤兒。」

他突然在狂風大作中回過頭，烏髮飄起，聲音被吹散到各處，宛如喟嘆，「妳說人這一生，究竟為什麼活著？」

慕瑤的嘴唇動了動，遲疑道，「責任？」

年輕的捉妖人輕輕搖搖頭，唇邊浮起一絲悲憫的笑。手上的符紙猛地轉了向，直砸陣心。與此同時，失去保護的腰腹在熔丹中受到重創，他驀地吐出一口血。

「拂衣……」慕瑤瞪大眼睛。

狂風捲起他的頭髮，他雙手張開，像是個半擁抱的動作。手上的所有符紙，像無數隻飛鳥，爭先恐後地向陣心而去。

慕瑤淺淡的眸驚異地凝視著陣心的方向，驀地懂了。她也跟著放開手，任憑五臟六腑顛倒，將全部的力量對準泛著光芒的陣心。

一時間符紙滿天，迸發出無數道光芒，猶如鋪天蓋地的箭雨，他們二人便是站在城牆上射箭的將軍。

她不做衝出去的打算了。如果不能將本該站在這裡的伙伴從陣心救出來，便是四個人一起葬身此地。

「怕死嗎？」柳拂衣問。

慕瑤搖頭，「我不怕。」相反的，她的一生，似乎從來沒嘗試過這樣瘋狂而縱情。

「我也是。」柳拂衣笑著擦了擦唇上血跡，平靜地望向前方，「瑤兒，活著是為了不留遺憾。」

九玄收妖塔震顫起來，塔窗內紅光迸出。似乎感應到主人的危險，擺著小木塔的梳粧臺，像是被小雞啄破的蛋殼，承受不住這樣的能量，綻開一道道裂痕。

怨女正靜坐在宅子中的房間裡，雙手死死扣住桌子，手背上血管迸現，眼球裡布滿血絲。

陣心被慕聲強行裂過一次，不得已吞下兩個人。又被大量符紙攻擊，陣心受擾，陣中氣場驟亂，已然失控。現在即使她是這個陣的主人，也無法控制它吞噬天地的欲望。再這樣下去，她也將葬身此地。

此時此刻，九玄收妖塔也躁動起來，巨大的能量輻射四周。她坐在凳子上動彈不得，猶如發病似地抽搐起來，眸子在栗色和黑色之間反覆交錯變換。

「聽聞人死以後，要過奈何橋。攜手走過去，來生還能做夫妻。」慕聲抓著妙妙的手，貼在自己冰涼的頰邊。

他的聲音已然很輕，還勉力說話，睫毛掃在她的指尖，語氣很平和，「今日我們一齊死在這裡，妳會不會在橋下等著我？」

凌妙妙哽咽著，身子不敢動，生怕一動，便引得他大量吐血，「等。」

少年抬起頭，漆黑的眸望定她，半晌，唇邊翹起了一個幾乎看不見的弧度，似乎是在笑她。他這樣笑著，緩緩地垂下睫毛，「都是騙人的鬼話。」

「什麼？」凌妙妙失神地問。

他憐惜地凝視著她，輕柔地將她滑落髮絲別至耳後，若有似無地笑道，「人無來生，僅此一次。」

他的動作停了下來，望著她的眼睛，似乎是在鄭重地向她許諾，「我不會讓妳死的。」

一口血從唇邊溢出，他猛然拉過她的身子，吻在她唇上，溫熱的血液沾滿她的嘴唇。他留戀地睜開緊閉的雙眼，用顫抖的指尖將她唇上沾著的血認真地塗抹均勻，笑著說，「這樣……便認得了。」

凌妙妙反應過來，尖叫著去抓他的手。他的指尖已經繞在髮帶上，猛地一拉，竟然將髮帶扯了下來。

白色的髮帶從他的指尖掙脫，似乎真的變作白色蝴蝶，在風中飛走了。

一頭漆黑的長髮緩慢地散落下來，蓋住他的耳朵。隨即，髮梢揚起，飄散在空中，剎那間便長到了腳踝。

刺目的紅光爆裂開來，半妖之力傾瀉而出。如同潮水灌滿洞穴，整個陣中地動山搖，絲綢般的邊界驟然被穿出幾個大洞，馬上就要被撐破了。

頭頂上那一方狹小的天幕，已變成濃郁的血紅色。

梳粧檯在顫抖著，發出「噠噠噠噠」的輕響，九玄收妖塔發出紅光，炙熱得彷若被烈火焚燒。

怨女的眼珠在交替變化中一翻，短暫地定格在黑色懵懂的眸子。

端陽茫然地望著鏡子，梳粧臺晃得厲害，鏡子裡的人影也跟著震顫，幾乎看不清面孔。老天，這是在哪裡？地震了嗎？

她的指尖詫異地落在鏡子上，望著一張陌生的臉，疑心自己是在做夢，「我怎麼了？我為什麼變成了那個女人？」

她在極度的驚恐中低頭一看，看見發著金光的九玄收妖塔。

這不是柳大哥的塔嗎？她感到了一絲安心，下意識地伸手去拿。

誰知，她纖細的指尖碰到收妖塔的瞬間，整個陣發出了巨大的轟鳴，彷彿在一瞬間爆炸開來。九玄收妖塔金光大作，猛地飛上了天。

端陽感到身上壓著的什麼沉重的東西猛地脫開，剎那間一陣輕鬆。

女人嘶啞扭曲的慘叫響徹整個天幕，旋即消弭於無形。

少年的長髮在空中飄散不歇，他眼角赤紅，漆黑的眼裡滿是戾氣。碰到他的活物全成粉末，除了安坐在他身前的凌妙妙。

他的眸子於空冥的殺意中，艱難地維持著最後的清明。

他用沾滿血的手，摸摸妙妙的臉，睜大眼睛，兩滴豔紅的血淚順著臉頰滑落，拉出長長的線，詭異萬分。

「我死以後，妳要為我守節三年。」

大雪天，新年夜，捉小鳥，堆雪人。他一生難以企及，求之不得，念念不忘。

破開的陣心邊界，化作鵝毛大雪般的碎片，旋轉飄落下來，將二人攏在中央。

天幕寸寸清明，白色的光芒湧入。

「膽敢……愛上別人，我……」

他黑漆漆的眸子輕輕一轉，停住了。可惜，世上再無我。

「恭喜宿主，攻略角色【慕聲】好感度達到一百%，攻略成功。

「玩家【凌妙妙】在《捉妖》中的任務圓滿完成。」

凌妙妙聽到，歡呼與掌聲，浪潮與風聲，一齊灌入耳朵。

終章其上

偷竊記

HEILIANHUA
GONGLYUE SHOUCE

「你們這家人怎麼回事啊？偷偷偷，一隻兩隻就算了，七八隻我們要不要過活呀，年紀輕輕有手有腳怎麼這麼不要臉……」

門只是虛掩，「吱呀」一聲便被推開，撞在門口的木桌上，發出「匡噹」一聲。粗布衣裳的婦人氣勢洶洶地進來，邊走邊俐落地挽起袖口，嗓音粗嘎，「我今天就看看你們家是怎麼回事……」

淩妙妙猝不及防被噴了一臉唾沫，睜著眼睛呆愣愣地看著她，張著口，還沒反應過來，身旁轟地湧過一片烏雲，漫過她。

不知是什麼東西，身上黑氣盤桓，從腳下升騰起來。

來人雙瞳泛著紅光，面無表情地露出尖利的牙齒，舉起的手上抓著一隻蘆花雞的脖子。雞脖子已經被扭斷，無力地垂在一邊，整個雞身被他拎著，鐘擺一般左右搖晃，還在往下滴滴答答地滴著血。

婦人的斥罵戛然而止，張大著嘴，嘴唇顫抖著，兩眼一翻，癱軟在了地上。

「大娘？」淩妙妙嚇了一跳，一邊蹲下去扶她，一邊拉住旁邊人的衣襬向後扯，沒好氣地叮嚀，「你回屋裡去。」

那人一頓，宛如被關掉什麼開關，瞬間收斂身上翻滾的濃雲和獠牙，轉身幽幽地走了。

「雞放下！」淩妙妙拍著大腿，朝著他的背影大喊。他扭身折返，將斷了脖子的雞整齊地擺在淩妙妙的腳邊。

「大娘……」淩妙妙克服一下心理障礙，揪住溼熱的雞翅膀，將死雞拖到面前，「您看這雞……」

「不要了……送……送妳了……」婦人在被她碰到的瞬間，驚恐地躲開，彷彿面前的小姑娘是鬼一樣，手腳並用地向後退，「妳離遠點……」

淩妙妙擦了一把額頭上冒出的汗，心裡的愧疚更甚，從懷裡掏出荷包來，捏出一點碎銀遞給她，感覺有點難以啟齒，「真是不好意思……就……就算我買你們家的雞，行不行？」

「不用，不用……」婦人把頭搖得像撥浪鼓，與此同時，她終於爬到了門邊，扶住門框艱難地站起身來，踉踉蹌蹌地跑了。

淩妙妙和地上的死雞相對兩無言。半晌，她捏著雞翅膀，小心地將肥碩的蘆花雞提了起來，扔到廚房。

廚房是改造過的，空間巨大，便於儲物。裡面形形色色的野生動物堆得比人還高，幾乎被凍成一座冰山，淩妙妙將雞掛上去的時候，還要踮一下腳尖。

她剛掛上去，又覺得不妥。這雞不是用法術殺的，是被他親手掐死的，大概放不了多久就會壞掉。

她揉了揉手臂，想把雞取下來的時候卻搆不著了。踮著腳尖試了三四次，指尖只能碰到雞翅膀，揪下幾片小絨毛。

妙妙束手無策，只得喊人，「慕聲。」

似乎在專等她的召喚似的，黑霧一凝，人影瞬間出現在她面前。

濃密的黑髮柔順地披散到了赤裸的腳踝，露出的耳尖帶著細細的絨毛。雪白的脖頸修長，向上是蒼白的臉，綴著一雙懵懂的黑眸，上挑的眼尾緋紅，濃墨重彩。

然而走路帶風，腳步又輕而無聲，床單似的蔽體黑布，偏偏讓他披出了一股凌厲的仙氣。

現在這人擺在家裡，晃來晃去，就是個繪著寫意線條的花瓶。

凌妙妙仰頭看他半晌，吁了口氣，指指頂上的雞，「取下來吧，今天吃牠。」

今天吃紅燒全雞。熱騰騰的雞肉散發著濃郁的香味，凌妙妙盯著碩大的盤子，半晌沒能下筷子。

慕聲擺盤的時候，不知出於什麼心態，將猙獰的雞頭折成個詭異的角度，蘆花雞死不瞑目的眼，正直直地與凌妙妙對視。

凌妙妙用筷子無言地戳了兩下雞頭，令橫死的雞低頭伏倒，發自內心有些好奇，「這樣擺，好看嗎？」

對桌的人直挺挺地坐著，聽了她的話，只是茫然地歪歪頭，幾縷頭髮滑落在臉頰上，似乎在疑惑她為什麼不樂意吃。

外面傳來「匡哩匡啷」的響聲，淩妙妙回頭一看，透過窗子看見隔壁的婦人一家收拾了行囊鋪蓋，幾個人抬著家具，急匆匆地往外搬。

「嘖。」她扭過頭，有些幸災樂禍地敲敲盤子邊，「你看看，最後一戶鄰居也被嚇跑了。以後咱們就是孤家寡人，看你能偷誰的。」

轉眼間，他們已經在這座北邊的小鎮待了半年多了。

當時被困陣中，他們二人只能看得見陣心頂上的一小塊天，並不知道外面發生了怎樣的事情。

比如柳拂衣和慕瑤聯手攻擊陣心，比如端陽突然間醒了過來，無意間用九玄收妖塔收了怨女，比如……慕聲解開髮帶，洩出半妖之力的時候，怨女已經被收妖塔吞噬了一半，陣心也已不堪一擊。

他的能量一放出去，就像是記鐵拳打在破爛的木門上，瞬間便撲了空，直接散在天地間，並沒有實現他預想的「我死以後」。

只是，一直被壓抑的妖力驟然失去限制，他即刻便失控了。直至柳拂衣和慕瑤趕來，藉九玄收妖塔之力聯手壓住他，才勉強止住了他無盡的殺戮欲望。

可是終究治標不治本，人已經成了這副尊容。暴漲的戾氣已經壓倒作為人的理智和語言，除了還稍認得她之外，與狂獸沒什麼區別。

他必須要以殺戮宣洩能量。淩妙妙管他、限制他，他只得從身邊下手，連續七八次偷雞的精髓，在於殺，不在於雞本身。

此時此刻，淩妙妙側眼看他。少年安然地垂著眼簾，手法嫻熟地折下雞翅，隨後又接著拆下另一隻。

會做飯，家務全攬，還很聽話，只是不會講話，不能交流。這半年來淩妙妙每天自說自話，就連她扳著慕聲的臉對他喊柳拂衣的名字，他也沒有絲毫反應。

但總歸人還在，淩妙妙不敢奢求更多了。

為了扭轉這種局面，柳拂衣和慕瑤遠赴極北之地，想要再去找當年白家找到的雪魄冰絲，拿回來裁成第二條髮帶，把他那無法無天的頭髮紮起來，或許可以壓住這邪性。他們二人，已經兩個月沒來信了。

這些事情，已經完全偏離《捉妖》的原著劇情，她對未來沒有了絲毫可以參照的資料，也不知道未來的結局。

從被改變的結局開始，這個世界的運轉便不再受任何既定的規則限制。暫時關閉系統提示以後，就再也沒有煩人的聲音出現在她的腦海了。他們正在，且即將，書寫一個全新未知的故事。

淩妙妙一個沒注意，他已經把雞翅堆進她的碗裡了。

「我吃不了這麼多……」

他充耳不聞，一意孤行地將另一隻雞翅也放進她的碗裡。發現放不進去後，很聰明地用筷子用力戳進了米飯裡，隨後抬起眼，期待地看著她。

「筷子用得不錯。」凌妙妙眨著眼睛想了半天，吁了一口氣。

慕聲低頭看著桌上的飯，纖長的睫毛翹起，笑了。

他以半妖原本的模樣行走，展現出了逼人的美麗、殘忍和戾氣。

最開始時，只要他需要能量，不分生熟，東西抓起來放到嘴邊，自動會變成一股黑氣吸進嘴裡。若是活的，血液便順著他雪白的手臂流下，在地上滴成圓點，他瞇著眼睛，舔舐帶血的手指，享受勝利的果實，那場面要說多震撼就有多震撼。

門是出不得了。凌妙妙將門鎖起來，教他用筷子，花了一週還是教不會，氣得趴在桌上哭了一場。直起身子擦眼淚準備繼續的時候，發現他自己艱難地拿住筷子，正抿著嘴看她，那無措的眼神，有一瞬間與從前疊合。

從此以後，只在看她拿起筷子的時候才知道要吃東西，倒是很乖。

「咳，以後不能偷雞了，知道吧。」妙妙邊啃雞翅邊盯著他，感覺自己像是養了隻寵物。

對方溼漉漉的眸子漆黑，直直地盯著她，似乎閃過了無措和委屈，欲說還休。凌妙妙茫然地與他對視，心裡算算日子，驀地懂了。

吃過飯，收拾好餐具。慕聲像是被設定好程式的機器人，認真細緻、任勞任怨地承擔各項工作。

一切結束之後，他端坐在椅子上，垂眼看著桌面，只有顫動的睫毛宣洩了他心中的躁動和不安。

淩妙妙走去閉緊門窗，深吸一口氣，艱難地將人轉了個向，撩起裙子，坐在他的大腿上，摟住了他的脖子。

少年的眼睛慢慢變得血紅，睫毛顫動起來，將頭扭到了一邊，認真地盯著空氣看。

淩妙妙把他的臉扳回來，氣鼓鼓，「看我。」

他又慌亂地將頭扭到一旁，坐得端方筆直，身子開始顫抖起來。

妙妙身上穿了一件繡仙鶴的訶子裙，她反手一拉，繫帶便落下來，裡面是輕薄的齊胸襦裙，雪白的胸脯半遮半掩，透出一條細細的勾。

青澀少女的性感，才是最最誘人。因為她不大喜歡這樣暴露的衣飾，才外穿了訶子裙遮得嚴嚴實實，現在看來都是多餘的。

慕聲整個人都怔住了，旋即明顯地躁動起來，雙眸通紅。他的手抓著桌角，彷彿下一秒就要落荒而逃了。

每隔一段日子，他的力量就要集中爆發一次，他還記得不要浪費，便把戰利品全部撿回來，乖乖堆在廚房凍成冰山。

後山的妖物總共就那麼多，被他殺來滅去，死的死逃的逃，經不起這樣消耗。但若不讓他屠戮妖怪，他便要殺人家的家禽家畜，擾得四鄰雞犬不寧。

淩妙妙只好想了別的法子供他發洩。譬如，跟他睡一覺，他能乖順大半個月。但比起殺戮的肆意，在這件事上，他卻謹慎得多，將自己死死地限制著，好像生怕誤傷她一樣，不憋到最後一刻，絕不會輕易碰她。

淩妙妙整個人掛在他的身上，親吻他尖尖軟軟的耳朵，又用手摸了摸，感覺自己像是誘拐青少年的不良少女，「可以，可以，來吧……」

少年漆黑的眸中水光潤澤，瞇了瞇眼睛，眼角紅得宛如沁了血。嗖地站起來，六神無主地抱著她，栽進了最近的帳子裡。

這便輕易化解了一場風波。

夜裡，淩妙妙做了個夢。

在夢裡，她回到初來這個世界的時候。

在長安城裡，慕聲變著千百種花樣欺負她。白日裡將她丟在人潮中間，待到夜幕降臨，才來找她，譏笑著將她帶回去。

他走在前頭，寬肩窄腰，靴子平整，繡了麒麟花紋，腕帶綁緊，收妖柄像鐲子似地掛著。少年的馬尾高高地紮起，乾脆俐落，毫不留戀地自顧自走著。

這時候，縱是無情，也是好的。明知道是幻影，淩妙妙在後頭跟了兩步，猛地跑上去，從背後一把抱住他。

他驚愕頓住腳步，轉過身來，將她從身上拉下來，似笑非笑地看著她，「淩小姐不好好走路，這是幹什麼？」

淩妙妙剛說了一個字，喉頭一哽，眼淚便下來了。

「沒什麼，」她擦了擦眼淚，平靜地說，「我就是，太想你了。」

明知道毫無道理，還是忍不住對夢中人說了真心話。

慕聲伸手，接住她臉上的眼淚，譏誚地看了一眼溼潤的手指，又伸出指腹，抹了抹她的臉，「別哭了。」

淩妙妙「嗯」了一聲，別過頭，揚了揚手，示意他先走，「走吧。」

他卻半晌沒動，淩妙妙抬眼，少年正低著頭，微笑著望著她，帶著百般克制的留戀，那神情她再熟悉也不過。

他理了理妙妙被風吹亂的頭髮，在她頰上吻了一下，輕輕道，「我也很想妳。」

淩妙妙睜大眼睛，伸出手去摸，才碰到人，夢便驟然醒了。

深夜裡蟲兒鳴叫，夜色如此寂寥。

淩妙妙茫然地望著虛空，感到臉上濡溼一片。

身旁的人黑亮的頭髮鋪了滿床，捧著她的臉，正一點一點吻去她苦澀的眼淚。

她側過頭，驀聲的眸子又黑又亮，懵懂地看著她。

妙妙慢慢依偎過去，環住他冰涼的身體，用力將他背後的衣服揉皺。

終章其下

回鄉記

HEILIANHUA
GONGLYUE SHOUCE

「姑爺得了失心瘋。」

凌妙妙拎著一只精巧的竹筐剛進門，就被門口烏壓壓的一堆人嚇呆了。

這座小鎮偏僻，靠著深山，環境比較惡劣。自從零星幾家鄰居倉皇逃走之後，她已經很久沒有見過這麼多人了。

背對她的阿意，還在一群人前頭接著訓話，「所以見了姑爺照舊問好，不許笑，不許盯著姑爺看，聽見沒有？」

「聽見了。」男男女女的家丁僕人整齊劃一地回答。

阿意掏掏耳朵，「沒聽見。」

「聽見了！」回答聲變成了震天動地的咆哮。

「誰跟你說姑爺得了失心瘋？」清脆的聲音緊接著響起。

阿意嚇了一跳，慌忙轉過身，「小姐？」

凌妙妙扯著身後的慕聲慢慢走過去，後者驟然見了這麼多生人，精神緊繃，黑眸翻滾著戾氣。

這地方偏僻，買幾株青菜需要走好幾里山路，妙妙自然是不記得路。現在慕聲已經可以很好地控制見人就殺的習慣，便帶著他當導航。

「姑！爺！好！」

凌妙妙剛一靠近，震天動地的咆哮冷不防地響起。

妙妙嚇得一顫，身後的慕聲也被嚇了一跳，警鈴大作，眼睛驀地放出紅光。妙妙急忙拉住他的手，讓他放鬆，「沒事沒事，自己人。」

「慕小姐來信到家裡說的。」阿意的目光自然而然地挪到慕聲身上，嘴角一撇，一副難過的模樣，「姑爺的臉都畫成這樣了，還不是失心瘋嗎？」

頭髮不挽，衣裳也不好好穿，眼角畫得紅紅的還向上挑，俏俏妖妖的……看上去不大正常。

淩妙妙頓了頓，瞥了一眼慕聲的臉，暗自憋笑。

「慕姐姐是怎麼說的？」她把菜籃放在地上。

阿意從懷裡掏出封信，「這封是託我帶來給您的，另一封寄到了家裡，說姑爺病了，讓妳回去住。」

他說著嘆了口氣，滿臉憐憫，「小姐，都這樣了，怎麼也不跟家裡說一聲。」

「這不就要回家了嘛。」妙妙無辜地看他。

本來居於此地，就是為了防止慕聲傷人，又便於與在極北之地的慕瑤和柳拂衣會合。現在他可以控制自己了，換個地方也無妨。慕瑤既然來信讓她搬，代表他們忙碌的事情大有進展。

那就搬吧，太倉郡守府還有她的豪華閨房，比這個荒僻的鬼地方好多了。

瞥了一眼阿意身後東倒西歪的一群人，她忍俊不禁，「你帶這麼多人做什麼？」

從南到北，車軸勞頓，他們的臉色跟病雞差不了多少，很是可憐。

阿意信誓旦旦，「幫小姐搬東西呀——小姐放心，姑爺不行了，我們還指望得上。」

凌妙妙開了鎖推開門，正把他往裡引，聞言納悶，「我們家徒四壁，人走就行了，沒什麼東西好搬。」

「怎麼沒有啊。」阿意繞到她前頭來，「我剛在觀景窗看見了，廚房裡好大一座山呢。」

「那個不用搬……哎等等。」她叫住阿意，扭頭看一眼盯著阿意的慕聲，「算了，就搬上吧，當作新姑爺給爹爹的見面禮。」

往太倉的行船上，凌妙妙拆開慕瑤寄的那封信。

凌祿山派人接女兒，再次斥鉅資預訂了豪華客船。這個隔間是專給她和慕聲準備的，安靜舒適，只聽得到一點輕微的波浪響，香爐裡升起嫋嫋香霧。

服侍的人帶著箱子，箱子裡頭裝著敲碎的冰山野味，全都住在隔壁。不見生人——尤其是圍著凌妙妙轉的生人，慕聲顯得放鬆了很多，乖乖坐著，平靜地拿著筷子吃飯，看上去和正常人沒差別。

凌妙妙邊吃飯邊看信，瞥了他幾眼，怕他一個人無聊，邊看邊念給他聽。

端陽帝姬在夏天出閣了，下嫁給一位年少有為的新科狀元，大婚之時特意在宴席上留了四個座位給主角一行人。他們當然沒人去得了，據說帝姬氣得在婚禮上大罵宦官。

向來喜愛沒事找事的帝姬，自己結了婚還不夠，積極做媒，令天子納了佩雲，是為雲嬪。不管未來在後宮的日子如何，總歸在眼下，佩雲算是得償所願。

慕瑤和柳拂衣前往極北之地，一路找到隱居的魅女族群大本營的麒麟山去，中間千難萬險，簡直可以再寫一本《捉妖》。

魅女族群雖然摒除暮容兒，也不敢接收慕聲，到底是本著一點血緣舊情，指了一條明路。

那雪魄冰絲不是她們產的，乃是麒麟山上的桑蠶吐出來的。這種蠶兩三年才結一次繭，可遇不可求，二人在山上巴巴地找，好不容易找到幾隻稀缺的蠶。

不幸的是，蠶大爺沒在吐絲季節，他們左等右等不到，乾脆在麒麟山紮根，蓋了座房子住下來，每天觀察。

這一住就是兩年，兩個人在等的過程中，順便生了個女兒，就叫雪蠶。寫信的時候，慕瑤又懷孕了。

「慕姐姐都要生第二個了。」凌妙妙嘖嘖嘆息，順手摸了摸自己軟綿綿的肚子。沒有做過什麼措施，她的癸水每個月還是來得很勤快，讓人覺得不可思議。

「大概是你不行。」凌妙妙邊扒米飯邊下了結論。

物種隔離不是開玩笑的，馬和驢生得了騾子，騾子還能生嗎？不行。

「啪——」

淩妙妙嚇了一跳，一口飯差點卡在喉嚨裡。一抬頭，見慕聲把筷子摔了，正用一雙黑峻峻的眼睛幽幽地盯著她。

淩妙妙樂了，「你聽得懂啊？」

淩妙妙拿了另一雙給他，想塞進他手裡。他手一收，直接背在身後，只是盯著她不說話。天啊，還有脾氣了。

「我沒有怪你的意思。」妙妙繞過去，一邊信誓旦旦地解釋，一邊把他藏在背後的手往外拉，「這樣多好啊，也不用擔驚受怕，我還不想要呢。」

她完全想像不出來眼前這人當爹會是什麼樣，再給她十年，可能還是想不出來。

「像柳大哥那樣三年抱倆，誰受得了……嗯！」

語尾未落，他的手猝不及防地握住她的腰，站起身，連提帶拽地把人攔腰抱了起來，扔到柔軟的被子堆裡。

阿意從隔窗外面經過，聽見一聲驚叫，隱約看見自家小姐被姑爺抱起來了。想起大婚那日，下著大雨，少年專橫地將人抱出來，塞進轎子裡，吩咐他撐傘的模樣。

姑爺雖然善妒了點，但對小姐是真的很好。唉，可惜……

他非常難過地走開了。

這一廂，似乎並不是很難過。

淩妙妙被他粗暴地壓在床上，下意識地伸出手臂格擋，慕聲撐著床停著，長髮從兩肩滑下來。

他並沒有壓在她身上，只是保持著那個動作，箍著她一動也不動，直勾勾地盯著她的臉看。

淩妙妙摸不清他到底想幹什麼，與他對視一會，從他的眼神裡讀出了些幽怨的味道，「你能生？」她試探著說。

少年的神色略微緩和，眼眸閃了閃。

「別說三年抱倆了，你比柳大哥強得多，你一年就能生一個足球隊！」淩妙妙滿臉真誠，開始滿嘴鬼扯。

慕聲似乎依然無法理解話語的實質內容，只是看她黑白分明的杏眼裡含著笑，大約是肯定的模樣，信而為真，睫毛一動，手臂一收起了身。

只是在放開她之前，覺得不太解恨，捏著她的下巴，在她唇上咬了兩下，才感到舒坦。

船行三日到了太倉。淩妙妙望著規畫整齊的街市，感覺恍若隔世。

清晨冰涼的霧氣還未散去，路上行人很少，她仰頭四顧，有些不認識了，「咱家那個大匾額呢？」

在她的印象裡，郡守府屋宇連綿，中間圈著碩大的園子，飛簷翹起，門口兩隻巨大的石獅子鎮著，氣派奢華。

「小姐，在這邊，咱們搬家了。」阿意引著他們拐了個彎。

「原來的郡守府呢？」

「賣了，換了銀錢，添補賑災銀兩。」阿意停住，指著一處與無方鎮那宅子差不多大的小民宅，「這裡。」

淩妙妙有些意外，遲疑地邁進門裡，「宛江又發水啦？」甫進門，她便嚇呆了。宅子小巧玲瓏不說，那簡樸的布置，簡直與她那鋪張浪費、附庸風雅的老爹背道而馳。

「不是。還不是因為小姐在外。」阿意在前面走著，笑著回過頭來，「老爺說，往後誰也不要跟他比清廉，他是為了行善積德，給遠處的人多求福報。」

淩妙妙的心頭一梗。

旋即，一個影子便從屋宇後頭小跑步繞了出來，見他們立在前院，怔了一下，隨即挺著大肚子一顛一顛地跑了過來，「乖寶兒？」

「爹！」淩妙妙攀住淩祿山的手臂，有些吃驚地盯著他的綢褲，「這是做啥呢？」

「我也晨跑。」郡守爹非常得意地摸了一把額頭上的汗水，挺了挺肚子，「堅持好幾年了。怎麼樣！阿意都說我瘦多了。」

妙妙打量幾眼，「嗯，是瘦多了。」

「會說話。」郡守爹笑咪咪地揉揉她的頭髮。

慕聲的手猛地收緊，露出警告的神色，妙妙反手握住他，比劃著，「是爹，爹，記得不？」

似乎是全不曉得，又似乎是記得一點，他歪了歪頭，漆黑的眸對著她的眼，放鬆下來。

她回頭看了一眼乖乖站著的慕聲，不知道該怎麼解釋，「爹，他……」

郡守爹一手拉她，一手拉慕聲，像是牽著兩個小孩，笑呵呵地拉進屋，「沒事沒事，爹知道呢。」

天這才大亮起來。

「我就說阿聲是個很周全的孩子。」淩祿山靠在椅背上，挺著大肚子，邊喝茶邊笑咪咪地說。

下人們已經將箱子全擺開，每個箱子裡都凍著不同的飛禽走獸，顯得很是壯觀。敲碎的冰塊徐徐冒著冷氣，室內一時間涼嗖嗖的。

慕聲坐在一旁，垂下的睫毛一動也不動。淩妙妙看他一眼，咳了一聲，替他答道，

「還差得遠呢。」

讓她驚訝的是，郡守爹居然一點都沒問起慕聲的病情，就這麼像是什麼也沒發生似地坦然接受了，倒令她有點心虛。

「胡說，」爹瞥她一眼，「妳成婚的時候，人家還派人大老遠送了雁來。」

那雁來的時候，是活的，翅膀上紮了個大紅緞帶，在廳堂裡撲來跳去，鬧得人仰馬翻。屋裡端茶的丫鬟，外頭灑掃的伙計，全都扔下手上的工作跑過來看，掙足了面子。

凌妙妙抿嘴笑。郡守爹神祕兮兮地看了慕聲一眼，壓低聲音，似乎是怕他聽到一般，「其實，當時他們第一次留宿在咱們這時，我就瞧上他了。」

事實上，無論大不大聲，慕聲都沒什麼反應。他側著頭，專注地看著凌妙妙剝花生的手。妙妙剝好，順手往他嘴裡塞了一顆，「又開玩笑了，爹怎麼沒看上柳大哥呢？」

「哼。」郡守爹冷笑一聲，「柳公子一看就是和慕姑娘兩情相悅，就算妳喜歡，爹也不許。」

凌妙妙一哂，「當時他傲成那樣，哪裡好了？」

那時候的慕聲，外表溫馴守禮，內裡全是倒刺。接觸久了便知道，性子惡劣得很，親近不得。

他築起的警戒心很強，誰對他好，他也不敢信任，往往恩將仇報。一般的人被白眼狼咬了一口，也就收了手，再也不去餵他了。於是他又在孤獨中期待，等待和失望，惡性循環。

如果不是淩妙妙在系統的要求下一而再、再而三地放低姿態，突破他的防線，知道了他內在是怎樣的一個人，不然他直到最後一個人赴死時，也都還是將自己鎖在高牆之內，無人明白。

淩妙妙突然覺得，系統設計這個攻略任務，還是有那麼點道理的。

對於慕聲「哪裡好」的言論，郡守爹很坦誠地兩手一攤，「俊呀。」又覺得光看外表有些不妥，補充了一句，「少年人，輕狂一點才有魅力嘛。」

一個下午就這麼安適地過去，慕聲坐在她旁邊，做個安靜的參與者，倒也不覺得多餘。

總歸，郡守爹有種魅力，他的接受能力很強，再慘澹的日子都能過得生龍活虎。

「對了，讓阿意帶妳準備準備，妳表嬸明天要來做客，得好好感謝她。」

淩妙妙想了半天，才想起那是誰——是在破廟裡幫她證婚的那位表嬸。看在那雙珍貴的羊皮小鞋的份上，她確實不能薄待人家。

「準備」的內涵很豐富，除了準備好表嬸的吃穿用度之外，淩妙妙還被拉去做了幾身新衣服。

按郡守爹的話來說，淩虞的母親早逝，表嬸對她的憐愛就代表了母親家族對她的憐愛，見不得她受一點委屈。

再加上慕聲是表叔表嬸親自考察通過的姑爺，現在姑爺變成這樣，如果她再表現得「灰頭土臉」，表嬸會更加內疚。

淩妙妙裁完衣裳回來，已經是傍晚。新宅子的閨房比原先小了一圈，但依然很舒適，燈燭高低錯落，瑩煌的光照在鮫紗帳子上，閃亮亮的。

妙妙飛快地洗漱完畢，連跑帶跳地摸到床邊，驀地把帳子一掀。

這是打從他出事以來，她發明的小遊戲。

慕聲的半妖狀態，沒什麼節律可言，日夜都像是貓頭鷹一樣睜著眼睛坐在那裡。通常是淩妙妙熄燈躺下以後，他才跟著一起睡。

她每次都會像躲貓貓般將臉藏在帳子後面，然後這樣張牙舞爪地出現，逗他一下。他便會坐在床上，漆黑的眸目不轉睛地盯著她的臉，好似對突然多出個人來感到很是新奇。

今天她一掀開帳子，意外地發現他竟然躺平睡了。睫毛安穩地垂著，雙手擱在腹部，像個睡美人，一點都沒有被驚醒。

遊戲對象沒有回應，令她感到有點失落。

但他少見地睡得這麼沉，妙妙不想叫醒他，便輕手輕腳地跨過他，「呼」地吹熄燭火，睡了。

月光明亮，從精巧的花窗投射進來，拉成斜斜的菱形。

半夜裡，妙妙迷迷糊糊地醒過來，看到床邊坐了個人，差點嚇出一身冷汗。

那人身上沐浴著月光，如霜的光落在他逶迤的長髮上，一段一段地發亮。他靜靜地坐在床邊，看著她。

妙妙瞇著眼睛看了半晌，伸手往旁邊一摸，空空的被褥冒著涼氣，心裡咯噔一下，砰砰跳起來。

即使他坐著一句話也不說，光看模糊不清的面目和姿態，她也能分辨出來點什麼。她慢慢地爬起來，側眼看著他，然後伸手摸向他的肩膀。

手還沒碰到人，便被他反握住手腕，伸手一拽，把她抱坐在腿上。她驟然貼近他的胸膛，甚至聽見清晰的心跳聲。

她試探著開口，「你怎麼醒了？」驟然出聲，才發現自己的聲音怯怯的。

那個影子看她半晌，傳出清越的聲音，「妳做夢呢。」

說話了……果然是做夢……

「不信？」少年拉住她掙扎著去摸蠟燭的手臂，圈住了她。臉頰在她的髮頂輕輕蹭了蹭，帶了點冰涼的笑，「妳點上燈，就見不著我了。」

荒唐，真是日有所思，夜有所夢。淩妙妙的腦子昏昏沉沉的，怕驚醒了夢不敢亂動，任他抱著，輕柔地撫摸她的頭髮。

隨後的十幾分鐘裡，她一直保持著暈乎乎的狀態，回答了很多似是而非的問題。

「想回家嗎？」

「嗯？」她發出一個短促的疑問音節，有些茫然，「不是已經回家了嗎？」

「不是這。」

他一邊抱著她輕聲說話，一邊留戀地吻她的耳垂，震得妙妙的耳廓酥麻麻的，活像是哄騙。

「想呀。」她眨著眼睛，疑惑地說。

對方沉默片刻，又用冰涼的唇親親她，問道，「那怎麼還不走？」

「說起來你都不信。」妙妙垂下眼嘟囔，「你現在跟傻子似的，離不開人。」

淩妙妙像是在和老友徹夜長談般，抓著他的袖子把肚子裡的苦水一股腦地往外倒。

「起碼也得等慕姐姐他們把雪魄冰絲拿回來試試，我才甘心。」她扳著手指頭數，「再說了，剩下爹一個人怎麼辦呀。」

說了半晌沒回應，妙妙生怕這夢漸漸褪色，或是跑偏了，用力拽緊他的衣服，「你怎麼不說話了？」

她從下往上看慕聲隱在黑暗中的臉，只隱約看到他的眼睫顫動。

「你什麼時候回來呀？」她追問了一句。

少年譏誚地翹起嘴角，潤澤的眸泛著一點月色的光，側眼望著她，「現在這樣安靜聽話，不好嗎？」

「好個鬼。」妙妙差點委屈得哭出來，「我養隻鳥，鳥還會叫呢，哪像你。」

慕聲眸中似有惱意閃過，扳過她的臉，低頭狠狠碾磨她的唇，帶了點懲罰的味道，「這樣便嫌棄我了？」

夢醒之後的清晨，淩妙妙感到非常愧疚。

黑蓮花安穩地在旁邊躺著，見她醒了，還湊過來抱著她柔順地磨蹭，十足親暱的模樣，她卻只顧著沉浸在夢裡跟別人親吻。

「我沒嫌棄你。」她捧著慕聲的臉，親了一下，滿臉愧疚地承諾，「這樣也挺可愛的，真的。」

妙妙懷著這樣愧疚的心情收拾洗漱，去見了表孀。說話的時候，還有些心不在焉。

「沒睡好吧？可憐的孩子。」遠道而來的表孀嘖嘖嘆息，眼裡全是心疼，「走，去妳房間坐坐，妳靠著歇歇，表孀跟妳說說話。」

妙妙來不及拒絕，就被表孀領到房間，按在了床上。

「表孃我坐著說就可以……」

「躺著。」表孃壓著她的肩膀，「歇歇。」

凌妙妙惶恐地撐著床，很怕自己說著說著，真的睡著了。

表孃的目光環視一圈，看到桌前坐著的慕聲。他實在太安靜了，坐在那裡一動也不動的時候，幾乎不會發出半點聲音。

她打量慕聲的時候，慕聲也在打量她。他的判斷方式簡單粗暴：是人，女的，妙妙主動親近的，他便收起敵意。更準確地說，是放下了戒備，愛理不理。

「唉。」表孃盯著他，忽然嘆息一聲，眼淚掉了下來，「妙妙命苦啊……」

嚇得凌妙妙立刻直了身子，「您別哭呀……」

表孃擦擦眼淚，「這是我親自選的姑爺，成婚沒幾年就變成這樣，讓我心裡怎麼過意得去……」

猶記當年，她以多年業餘媒人的身分多方評估了慕聲一番，判斷是萬里挑一的好人選。她怕再不下手，會被別人給搶了，當下就拍板定了。

可是現在姑爺失心瘋，全靠妙妙照顧，可不是把她累出黑眼圈了嗎？早知道捉妖人刀尖舔血，容易出事，她簡直是害人一輩子啊。

「表孃……」凌妙妙好笑地勸她，「天有不測風雲，他變成這樣，又怪不到您頭上。」

「妙妙。」表嬸握住她的手，深吸一口氣，「妳有什麼委屈，跟表嬸說說。」

妙妙認真思考了好一會，擠出一句話來，「我……我不委屈。」

多好的孩子呀！表嬸的心裡更愧疚了。

「別不好意思說。」表嬸旁敲側擊，「咱們家裡頭，跟外面不一樣，不守那些三從四德，婦道規矩……」

「嗯……」妙妙隱約覺得有點不對勁，但腦袋一時半刻沒轉過來。

「所以呀，」表嬸的語氣沉了沉，「我就直說了，表嬸再給妳介紹一個？」

妙妙吃了一驚，「我已經嫁人啦！」

「那又怎麼啦？」表嬸顯得有些意外，拍拍她的手背，「那天下寡婦還是要過日子的怎麼辦？」

「可是我……」妙妙指指黑蓮花，比劃道，「不是寡婦呀。」

「那也差不了多少了。」表嬸又抹起了眼淚，「阿意都跟我說了，姑爺犯起這病來凶得很，一兩年倒還好，要是一輩子好不了可怎麼得了？

「妳現在年紀輕，妳爹還能護著。」表嬸語重心長，「往後妳爹要是去了，靠誰呀？一個姑娘家，還不是得和丈夫相互扶持著過活？妳一直照顧著他，家裡沒有頂梁柱哪行？

「妳現在還不懂，到時候就知道了。」表嬸搖搖頭，「等妳著急起來，年齡上去，就不好改嫁了。現在正剛好，花一樣的年紀，又沒有孩子拖累，就算是和離以後重新嫁人，提親的照樣能踏破門檻……」

「表嬸……」淩妙妙打斷，一聲聲「改嫁」嚇得她頭皮發麻，不住地觀察慕聲，見他沒有什麼反應，仍然覺得有些不踏實，「別說這個，他聽得懂。」

「聽不懂的。」表嬸又看了兩眼毫無反應的慕聲，憂愁地說，「我家裡也有得失心瘋的，都那樣，什麼也不知道。」

她握住了妙妙的手，「孩子，我希望能有人照顧妳，不讓妳受委屈。看妳累得黑眼圈都出來了。」

「表嬸啊。」妙妙點頭如搗蒜，餘光不住地觀察慕聲，「您的好意我心領了，可是我……」

「我知道妳放不下姑爺，一日夫妻百日恩吶。」表嬸嘆口氣，「表嬸跟妳說，就算改嫁了，姑爺還是養在咱們府上，照舊以公子的用度給他，這樣也算全了舊日之誼，妳看怎麼樣？」

妙妙快哭了，「不行，真的不行。」

她一股腦從床上起來，連拉帶拽地把表嬸拉出門，反手把房間鎖上，「咱們還是去敞亮點的地方說吧。」

在這說話，表嬸是不知者無罪，她的壓力大得很。

從前這人是個醋罈子，她說一聲別人的名字他都不高興，搞得她煩得要死。要是他還正常，這會不知道得炸成什麼模樣，興許一片好心的表嬸都沒辦法安全地走出房間。

現在，慕聲整天用似懂非懂的目光茫然地盯著她，連生氣也不會，她卻先替他覺得委屈了。

淩妙妙一面嚴詞拒絕，一面暗自懷疑自己被慕聲管成個受虐狂了。

表嬸見她心意堅定，也就作罷，非常惋惜地搖搖頭，「真可惜，嬸嬸手裡頭握著好幾條線呢，個個青年才俊，唉。」

來到廳堂，下人丫鬟間或出現，表嬸便不好意思再提這件事，提了些別的趣事說著。好像她也知道，妙妙的價值觀跟這個世界有些格格不入。

表嬸在家待到黃昏，才有輛馬車來接，便不顧大家的挽留回家去了。臨走之前，表嬸握了握她的手，悄悄地說，「妙妙啊，妳什麼時候想好了，來信告訴我。」

「知道了。」淩妙妙哭笑不得，擺擺手，目送馬車轆轆滾遠，融進一片晚霞中。

郡守爹赴了別人的小宴，表嬸也提前走了，家裡只有她和慕聲吃晚飯。覺得吃得沒意思，她派人把飯擺在托盤上，端進房間吃。

慕聲還是乖乖地坐在那裡，拿著筷子，安靜地看她誇獎晚餐。

「今天是銀魚羹。」她興沖沖地把碗擺在他眼前，湯裡的蛋花誘人，香氣濃郁。

「還有紅燒排骨。」

覺得委屈了什麼也不懂的小黑蓮花，她特意吩咐廚房做了排骨。由她最青睞的那位廚子親自掌勺，排骨飄香萬里。凌妙妙往他碗裡夾了兩塊，一敲碗邊，清脆道，「吃吧。」

敲碗邊這個壞習慣是跟柳拂衣學的。他喝醉時候一興奮，便拿筷子敲碟子邊，清脆的一聲，顯得很有儀式感。尤其是沒有人能與她說話的時候，這麼一聲響，就好像對方也應答了一樣。

擺在桌上的還有那位廚子拿手的紅糖饅頭，妙妙往慕聲的手裡放了一個，撐著臉看他，「吃吧。」

慕聲拿著筷子吃飯的時候，有種矜持的假象，但是咬著甜甜的饅頭，紅糖流出來的時候，這種假象便破裂了。紅糖淌到他手上，他毫不客氣地舔了舔手指，抬頭看她，眼神中有一瞬間閃過強烈的侵略意味，使這個動作顯得有些邪氣。

凌妙妙瞪大眼睛看他半晌，他將手指拿出來，也眨著眼睛回望她，顯得很茫然。

凌妙妙覺得自己有病，趕緊又遞給他一個。慕聲的手縮了一下，看著她搖搖頭。

「慕公子，您原來可是一次能吃三個呢。」妙妙語重心長地把紅糖饅頭塞到他手上，「多吃點吧。」

他拿著著紅糖饅頭，垂眸捏了捏，下唇輕輕碰了一下頂上那朵胡蘿蔔拼成的小花，又遞還給她。妙妙不接，他便耐心地將將紅糖饅頭擱在她嘴邊，黑眸望著她，似乎是執意要她吃。

天啊，從前都是妙妙哄著勸他吃飯，今天倒反過來了。淩妙妙激動之下，不負眾望地吃撐了。

還托盤的時候廳堂裡正亂著。

郡守爹應酬歸來喝高了，幾百斤的人，陀螺似地轉著圈手舞足蹈，阿意帶著一堆丫鬟手忙腳亂地扶他，像一群跟著香氣走的蜜蜂。

「乖寶兒！」他眼睛倒尖，一眼看見妙妙，東倒西歪地朝這邊來。

淩妙妙衝上去扶住他，外頭下著雨，他也沒撐傘，衣服鞋子沾滿了水珠。

郡守爹喝得鼻頭紅紅，像個耶誕老人，盯著她左看右看，滿意地喟嘆一句，「我家寶兒真可愛。」

妙妙和阿意一左一右，架著他回房間，咬著牙應道，「沒我爹可愛。」

他躺在床上，還在擺著手叨叨絮絮，「我不信，妳爹是誰？讓我瞧瞧！」

淩妙妙拍拍身上的水，順手把一綹亂髮別到耳朵後面，扠著腰，對著他做了個鬼臉，清脆道，「我爹是寶，不給瞧。」

「小姐！」阿意一把按住郡守如僵屍般抬起的手臂，齜牙咧嘴，簡直服了這對父女，「您先出去吧，這麼說下去，老爺沒完沒了。」

「噢。」淩妙妙垂著腦袋出去，吩咐廚房做個解酒湯，將爛攤子留給阿意。

這一趟下來，她也成了半個落湯雞，端著個燭臺回房間去。甫進門，手上的蠟燭邪門地「唰」一聲熄滅了。

屋裡很暗，暗得冷清的月光都透出亮來。

妙妙就著黑暗眼前發蒙，伸手亂摸，摸到桌上點了一半的蠟燭，燭蕊都燒焦了。

「奇怪，我不是留了幾盞燈嗎？」她的閨房一次要擺四五盞燈，高低錯落，滿室生輝。

她從抽屜裡拿出打火石，剛敲一下，火星子一閃而過，映照出一雙曜石似的眸。

下一秒，一雙微涼的手握住她的手腕，「別點燈。」

淩妙妙那聲尖叫還未出口，便夭折在了喉嚨。他的指腹在她手腕上摩挲，帶著一點克制的焦躁。

一次兩次倒還罷了，第三次她便有些起疑了。妙妙的火氣竄了上來，不信邪地一點，手上的燭火驟然間亮起來。慕聲躲避似地偏過頭去，那點火光便跳躍在他玉白的側臉上。

「你是鬼嗎？還怕光？」妙妙一連點了四五根蠟燭，目不轉睛地盯著他的臉，心裡如有驚濤駭浪。果真……

慕聲望著她，眼角挑出的嫣紅更加明顯。忽然，他伸手一拉，將她圈進懷裡，有些粗暴地揉著她的腰。揉了兩下，似是耐不住似地，順手將裙子撕了。

「妙妙，」他的唇靠在她的耳廓上，聲音異常溫柔，手卻死死抓著她的腰不讓她跑，「溼掉的衣服就不要穿了。」

淩妙妙被他丟進帳子裡，他落在她脖頸上的吻異常激烈，她覺得自己像是被狼叼著的兔子，下一秒就要被咬斷氣管。她在眼冒金星的間隙裡喘了口氣，神智這才清醒了些。

「三年到了嗎？」他的眼睛泛著紅，低頭凝望著她的時候，如同令人眩暈的深淵，「就這麼想改嫁，嗯？」

露出這種表情，就表明他被刺激得快失控了。

「我又沒答應……」妙妙受著他的親吻，咬著嘴唇呼痛。實在掙脫不開，她眼冒金星，用手撓了他兩下，他將她的兩手攥著，緊緊貼在自己滾燙的心口。從很久以前，他就想這樣做了。

炙熱的溫度從她的手心裡傳出來，隔著皮膚，觸得到鮮活的心跳。她昏昏沉沉中想想這幾年是怎麼過來的，眼眶直發燙，驟然便氣哭了，「慕聲……你就玩我！」

少年「嗯」了一聲，將人撈起來換了個姿勢，狠狠壓著她，抱得她幾乎喘不過氣。

唇卻溫柔地貼在她的臉側，搖曳的燈火透過帳子映在他的眸中，化作翻湧不息的痴氣，「好喜歡玩妳。」

往常他於這種事情雖然專橫獨行，但好歹也顧念一點她的感受，她說不要就是不要了。這一回他卻放縱自己，鬧到了深夜，無論她怎麼央求都不肯停手，硬生生將她弄哭了。

妙妙哭得抽抽噎噎，軟塌塌地趴在他身上，身上全是印子，眼睛都紅彤彤的。眼淚順著他的脖子滾進頭髮裡，少年的眼角嫣紅，吻吻她的臉，便算是撫慰。

妙妙像是垂死掙扎的兔子，留了點力氣，一口咬在他的鎖骨上，「不喜……歡你了……」

慕聲翹起嘴角，撫摸她的頭髮，嗅著熟悉的梔子花香。眸中漆黑的夜色如被晨曦驅散的霧氣，一點一滴消弭於無形。

這天夜裡，淩妙妙被他抱在懷裡，累得精疲力盡，可是睡意全無。

「我……餓了。」她瞪著帳子頂，嘴唇動了動，非常不甘心地說。她現在有點明白，那紅糖饅頭為什麼刻意留給她了。

少年留戀地摸摸她的臉，起身替她整好被角，披了件衣服無聲地下床。

「你去哪呀？」妙妙不安地追問。

他折返回來，又將她按在被子裡，漆黑的眼眸映出她的臉，眼裡含著一點虔誠的憐惜，「天快亮了，等我一下。」

慕聲身上披著夜露，端回來一碗熱氣騰騰的麵，香飄萬里。

妙妙靠在床頭，拿勺吹著，狼吞虎嚥地吃了，吃得熱淚盈眶。

少年漫不經心地倚著牆壁，漆黑的眸子目不轉睛地凝視著她，「好吃嗎？」

妙妙抬起頭，直愣愣地看著他。

「我好不好？」慕聲在她頰邊一吻，像是敲下一枚官房印，「不許改嫁。」

柳拂衣和慕瑤是三天後抵達太倉的。

他們風塵僕僕來到郡守府的時候，淩妙妙正在房間觀察慕聲，觀察得太過仔細，以至於連敲門聲都沒聽見。

當時，慕聲披散頭髮，低垂眼睫，安靜而一絲不苟地擦著一支花瓶。擦得很認真，只有耳尖偶爾動一下，像隻靈敏的小動物。

他擦好花瓶，輕輕放下，又去擦拭桌上的其他東西，擦過的地方一塵不染，幾縷陽光從花窗裡透出來，橘色的光落在少年蒼白的手背上，形成一塊一塊的亮斑。

他走一步，淩妙妙跟一步，目不轉睛盯著他看，心裡懷疑這人是掃地機器人轉世。

太陽升起來以後，他便像是五彩斑斕的畫褪了色一樣，臉上的表情漸漸消去，又恢復到眼前這副模樣。

一開始，妙妙以為他是裝的。後來才發現，他是真的畏光。像晝伏夜出的珍稀動物，偶爾才會在晚上短暫醒神，又在太陽出來後陷入沉睡。

淩妙妙又想，當時慕懷江給慕聲下了忘憂咒後，把他關在漆黑的菡萏堂內，連窗戶都用黑紙貼上，想來也有幾分道理。可還沒等她搞懂這是什麼原理，這人已經再度失去了語言能力和意識。

半晌沒人理會，敲門聲變得急切起來，一點嘈雜和偷笑，從門口隱約傳來。

「來了來了……哇！」

淩妙妙唰地開了門，驚呆在原地。

門口站著兩個穿奇裝異服的人，身上的流蘇佩環叮叮噹噹，帶著點民族色彩的外衣上還縫著動物皮毛，毛領子掩住了半張臉，裹得像是愛斯基摩人。

「柳……大哥？」淩妙妙艱難地辨認著眼前笑吟吟地看著她，皮膚被晒黑，蓄了濃密鬍鬚的成熟男人。

老天爺，這是原著裡那個衣勝白雪、瀟灑又憂鬱的翩翩公子柳拂衣？

男人手裡還牽著個女娃，小臉圓嘟嘟的，走路還不大穩，一歪一歪的，像隻企鵝。站定以後，小女孩靠著他的腿歇息，正百無聊賴地揚起臉來，對著淩妙妙噗嚕嚕地吹口水泡泡。

頭一扭，看到了差不多同樣誇張打扮的女子。她沒有按照傳統手法挽髮髻，而是結了幾股辮子，笑得和煦溫婉。她的淺色瞳孔映在陽光下像是琥珀，臂彎裡還抱著個小得像貓兒似的嬰孩。

「慕姐姐？」妙妙看呆了。

「噓。」柳拂衣豎起一根手指，一張口，熟悉的感覺又回來了。他半是好笑半是嫌棄地壓低聲音，「別這麼大聲，二寶睡著了。」

第二胎是個男孩，落地才四個月，比雪蠶還慘一點，連大名也沒有，就有個諢名叫二寶。

淩妙妙見慣不識人間煙火的神仙眷侶，記憶裡頭，連牽個手他們都會臉紅。眼睛一眨，他們便像高山雪原上的農夫農婦一般，就這麼生兒育女過起日子，實在是太令人新奇了。

「我早要你在回來之前把鬍子剪一剪。」慕瑤偏過頭，有些難為情似地紅了臉，「你看，都把妙妙嚇著了。」

柳拂衣摸了摸自己的寶貝鬍子，「嘖」了一聲，卻只是對慕瑤縱容地笑了笑，扭過頭對淩妙妙抱歉地道，「妳不知道麒麟山的環境有多差，天天下暴雪，一住就是兩年，什麼禮數教條都忘了，沒有那麼多時間打理這些東西。」

淩妙妙的愧疚伴隨著感激一併湧上來，想說點什麼，瞪著眼睛想了半天，說出口的卻是，「那麼冷的地方，蠶不會被凍死嗎？」

柳拂衣看著她，故意搖頭嘆息，「唉，妙妙只關心蠶。」

「不是不是，柳大哥，我……」

「蠶！」小姑娘清脆的聲音猛地插入對話中，她將吮在口中的手指拿出來，表意不清地喊，「我！」

慕瑤抿嘴笑了，解釋道，「這孩子，以為你們在說她呢。」又騰出一隻手拍拍女孩的肩膀，「雪蠶，跟姨姨打個招呼吧。」

「姨姨——」叫雪蠶的小姑娘生得粉琢玉砌，半是好奇半是膽怯地望著淩妙妙的臉，盯著拖長調子，口水都流了出來。

「誒。」淩妙妙也清脆地應答，不知道該用什麼禮節好，便彎下腰摟摟她，孩子身上帶著股乳香味。摟了大的，小的便不開心了，從母親懷裡伸出白藕似的手臂，上下拍打繈褓，眼睛擠成一條縫，哭得小小的臉一片通紅。

這尖銳的哭聲剎那間驚動了慕聲，他像是閃電般人影一閃便擋在淩妙妙跟前，眼裡空冥冥，一絲人氣也沒有。看著噪音來源的眼神滿是冷酷的嫌惡，像是要把他就地掐死。

淩妙妙瞧見這神情，趕忙揪著他的衣服，要把他往後拉。

柳拂衣卻恍若未覺，還捏起二寶的手，強行往慕聲手裡塞，興致勃勃地說，「阿聲，看他跟你打招呼。」

這廂慕聲全身緊繃，孩子也不樂意，小手捏成拳頭，硬是不肯張開。淩妙妙又好笑又擔心，用手搶先包住二寶的小拳頭，小心地從慕聲眼前挪開來，又用身子擋住，「柳大哥，你慢著點，他現在可不認得人的。」

「不礙事……」柳拂衣才說了半句話，靜默得似遊魂一般的慕聲便驟然發作，一把抓起淩妙妙的手腕，強行拉進屋裡。

妙妙邊走邊回頭，還想說話。他便繞了半周，直直站在眼前擋住她的視線，眸中冷冰冰，不太高興的模樣。見她收回視線，不看柳拂衣了，他小心地舔舔唇，垂下眼睫，在她面前握起拳。

淩妙妙盯著他研究了半晌，也伸出拳頭，試探著跟他對撞一下。

慕聲抬眼看她，將手藏回袖中，眼神中充滿控訴。淩妙妙越發納悶了。

「這就是雪魄冰絲？」

淩妙妙雙手捧著盒子，小心翼翼地瞧著裡頭躺著的絲帛。那絲帛薄得幾乎成半透明狀，像是一層薄薄的落雪。她不敢多摸，怕把它摸壞了。

「妳說阿聲已醒過來了？」柳拂衣皺著眉，不答反問，面前的茶盞裡熱氣嫋嫋。雪蠶想伸手去碰那雲煙似的蒸氣，被慕瑤眼疾手快地捉住小手，低聲教訓。

屋裡燒著暖融融的炭火，二人已經把那厚厚的毛皮冬衣脫了下來，還顧不上喘口氣。懷裡抱著兩個孩子，也夠手忙腳亂了。

淩妙妙心裡漫過一絲同情，回頭看了一眼乖乖坐著的慕聲，覺得這人雖然像個傻子，到底比小孩子聽話多了，「只在夜裡醒過兩次，白天太陽一出來，還是這樣。」

這件事情，慕聲自己肯定最清楚，也知道貿然出來會造成什麼後果。可是那天他偏偏放縱得很，一直留到了晨曦初現，以至於這兩天連晚上都醒不過來。

「陽光於大妖不利，他們吸收月光，在夜間活動。」慕瑤的聲線清冷，「但阿聲不一樣。他在失控狀態下，見了日光，反倒妖力增強。當年我爹發現這點後，只得將他關進黑屋子裡。」

她看了慕聲一眼，慕聲對上她的目光，沒有絲毫反應。

「他現在這樣的狀態，是理智在與失控的戾氣博弈。若是贏了，便能像以前一樣；若是無法占得先機，便只能為暴戾所控，吞噬天地。好在現在有妳限制，他還可勉強自控，沒有繼續發展下去。」

淩妙妙沉默，盯著盒子裡的雪魄冰絲，語氣有點懷疑，「這玩意真有用嗎？」看起來像是紙片般的一片絲帛，還要裁成一條，做這個承受千斤重的閘口，看起來有些危險。

「光靠這個肯定不行。」柳拂衣幽幽地接，「當年白瑾為他紮上頭髮之前，還有一件事是現在還沒做的，妳還記得嗎？」

凌妙妙一愣，「什麼事？」

慕瑤嘆息，「在這之前，暮容兒用斷月剪剪斷了他的頭髮。」

凌妙妙緩慢地眨了一下眼，眼裡的希冀馬上滅了一半。

柳拂衣看她一眼，似乎見不得她露出那種表情，從懷裡掏出個笨重的東西，非常豪邁地「啪」一聲拍在桌上。

是把鐵質的大剪刀，把手都有些鏽蝕了。凌妙妙震驚於他居然將這種凶器隨身帶著，再一看，軸上刻了一枚下凹的月牙，猩紅的鏽跡如血。

「這是……」她感到不可思議，不是說斷月剪是要用壽數來換的嗎？

「妳猜猜這是誰求來的？」

「誰啊？」凌妙妙盯著軸上那個血紅色的月牙，奇怪地問。

「慕家出事之前，我娘曾經到過無方鎮。」慕瑤垂下眼眸，「她是去找怨女的。倘若怨女脫困後沒有回到那裡，就代表她可能還在我們身邊。」

慕瑤懷裡抱著熟睡的二寶，聲音放得極輕，幾乎聽不出什麼其他的情緒，「那時娘的身體已經很差，自感時日無多，便以自身壽數為代價求了斷月剪，以防怨女再將阿聲當做復仇的傀儡。

「她在無方鎮寄了兩封信，一封給我爹交代事宜，另一封給白家備份。給白家的那一封沒能寄出去，為我和拂衣所得。」

柳拂衣補上一句，「其實，給慕家主的那封信，也沒能遞到慕懷江手上。」當時，慕懷江已經為怨女所惑，白瑾身在局中，難以窺見全貌。

怨女這盤棋下得極有耐心，在白怡蓉的殼子裡，神不知鬼不覺地教了慕聲寫反寫符，溫水煮青蛙似的，還沒等兩人反應過來，便驟然發難。

慕聲首次借夜月之力實踐邪術，威力完全失控，致使慕家傾覆，不知道是不是白瑾祭命的另類實現。怨女利用慕聲後，本想將他殺死，拿回屬於自己的力量，未料魅女最後一搏，保下了慕聲和慕瑤的性命。

「所幸斷月剪兜兜轉轉到了今天，終於還是派上用場。」慕瑤和柳拂衣對視一眼，目光又落在遠處的慕聲身上，「幫他剪了吧。」

妙妙深吸一口氣，握著剪刀，像是拍農場廣告似地在空中喀嚓喀嚓地比劃，躍躍欲試地露出了燦爛的笑容，「好啦。」

早春的民湯，多是三兩出遊的人。女眷銀鈴般的笑聲，隔著飄蕩而起的輕紗簾子不住地傳入耳中。

溫泉坊最裡的一間，照舊是郡守之女的單間，在廊裡攜手而行的人，看見挽起頭髮的淩氏踩著地毯來了，都不禁在背後盯著看，感嘆這郡守千金生得真是靈秀。

緋色上襦的花紋彷彿桃花綻開一片片，銀線順著絲帛根根埋進去，若隱若現地閃著光。鎖骨下面，抹胸繡著的兩簇早櫻相對盛開，繞出祥雲樣的藤蔓，延伸埋進裙頭，裙子卻是奶白色，褶子壓得平整極了，如雲如霧般輕盈。

她邁過去，飛過來的頭上繫帶還繡著一朵小小的櫻花呢。聽說淩氏已經嫁了人，怎麼還這樣的像個少女。幾個人驚奇地笑著，望著她身後看。

她身後還綴著一個黑衣服的人，緞子似的黑髮一點毛糙也沒有，一直散到腳踝，引人羨慕。她又帶著那個人來了。

他低著眸，只看得到被頭髮掩著的半張臉，和一點翹起的睫毛，倒是個很俊俏的側臉。丫鬟，還是伙伴？

江南女兒家羞怯，調笑的沒有，搭訕的找不到，只是瞪著一雙雙小鹿眼，安靜地偷看。

淩妙妙走著走著，聽見四周的噪音突然變低了，再扭頭一瞧，廊上的女眷都伸著脖子好奇地盯著慕聲。而慕聲毫無察覺，只是發覺她停下，抬起眼，睜著一雙無辜的眼望著她。

她頓了頓，越過他，警告似地環視一周諸位姑娘，伸手一把將他拖進裡間。

這湯是妙妙的私浴，到了自己的地盤，便看不到其他陌生人了。幾個守在那裡的丫鬟湧上來，熟練地為淩妙妙寬衣解帶，準備方巾。

大家都知道，後面那位姑爺是動不得的，是以慕聲身邊方圓幾米都沒有人，有些孤獨地坐在一邊。

在遇到主角一行人之前，此處民湯對凌虞來說形同虛設。因為她性子孤僻自卑，彷彿當著眾人的面來洗澡是什麼害臊的事，寧願窩在家裡的小浴桶裡。

待凌妙妙回來了之後，這處溫泉才真正派上用場。原因無他，光看姑爺這頭超凡脫俗的長髮，小浴桶是裝不下這尊大佛的。凌妙妙試過一次，搞得半間屋子都像是發了大水，她自己也溼得像落湯雞，狼狽至極。

知道這裡還有個自己的專屬池子以後，她整個人都鬆了一口氣。

這口湯池足有半間屋子那麼大，水氣嫋嫋，四周帳幔飛揚，香風穿堂而過。獸首湧出溫熱的水流，落在池中嘩嘩作響，攪動得漂浮的花瓣四散退開。

妙妙艱難地蹲在池邊，懷裡抱著一盒皂角，正在專心塗抹。

慕聲的長髮散在池中，仰著頭，專注地仰視她的臉，睫毛上掛著水珠，漆黑的眸中似也沾染上溼漉漉的水氣。

真到了池邊，丫鬟也都退了出去，拉上了簾子。

殿頂極高，偌大的空間只有他們二人。凌妙妙不敢輕易說話，在這地方說話會有回音。

直到憋不住了，她才忍不住開口，「你轉一下。」

慕聲歪頭看她，似乎沒有聽懂。

淩妙妙呼了一口氣，周圍的空氣熱得她出了一背的汗，沾溼的地方卻被風吹得冷嗖嗖的，實在稱不上舒服。

她將盛著皂角的盒子遞給他，「你自己洗？」他的睫毛眨動一下，伸手將盒子接過，順手放在一旁。

「那你……」淩妙妙的話剛起了個頭，他便猝然拉住她的手臂一拽。妙妙瞬間失去平衡，驚叫一聲，直接被他拉進水裡。

巨大的水花泛起，更多的霧氣蒸騰而出，帶著花香的溫水撲面而來。她慌亂之下嗆了一口水，感覺有人攬住她的腰將她托了起來，下一秒，她立即手腳並用地探到了池底，坐起身來。

淩妙妙滿臉通紅，打溼的頭髮貼在額頭上，睫毛掛滿水珠，怒氣衝衝地瞪著始作俑者。

慕聲望著她半晌，低下眼在她紅撲撲的臉頰上留戀地蹭了蹭，然後抬手將她緊緊抱在懷裡，這才非常舒適地嘆了口氣，竟然慢吞吞地靠在池壁邊，享受地閉上了眼睛。

剛才總覺得少點什麼，現在就舒服了。

「你還有臉嘆氣？」淩妙妙氣急敗壞，揪著他的衣服掙扎起來，伸手去摸放在池邊的皂角盒子。

慕聲的坐姿極其放鬆，睫毛一動也不動，看起來像是睡著了，可是扣在淩妙妙腰上的手卻極用力。她就像是被捕鼠夾夾住似的，奮力伸長指尖，離那盒子就差幾吋的距離，卻始終搆不到。

妙妙收回手，心裡懷疑這人是故意的，「子期？」她清亮亮的聲音迴蕩在池面，水氣在眼前氤氳飄蕩。

慕聲睜開眼睛，無意識地舔了舔嘴唇，妙妙緊緊貼著他，說話時他的胸膛都在顫，他又朝聲源吻過去。

淩妙妙眼疾手快地伸手，將他的唇抵住，「你還洗不洗？」慕聲頓了頓，搖頭。

「那我們出去吧。」在熱騰騰的池子裡待久了，人有些暈，彷彿喝了酒一樣。她攪動兩下水，水面泛起層層水花。慕聲望著她眼裡的幾分醉意，又搖頭。

「那你想幹嘛？」淩妙妙氣到笑了，在水裡用力一撈，一股水花直直潑到他臉上。

慕聲閉眼一閃，水順著他的下頜往下滴，他鬆開她的腰。

淩妙妙還沒反應過來，只見他雙手認真地掬起一捧水，極緩慢地從她的肩頭淋下去，打溼了她浴衣前襟繡的幾朵早櫻，那水流柔得跟潑灑幼苗沒什麼區別。

「你澆花呀？」女孩低頭瞅著自己的胸口，痴痴地笑。

「嗯。」

「嗯？」妙妙悚然一驚，剛詫異地站起身來，便被人按回水裡。熟悉的氣息籠罩了她，他唇中銜著一片水中的花瓣，飽滿的深紅色全揉碎在她白皙的脖頸上。

「真可惜。」

梳子順著他打溼的長髮梳下去，幾乎遇不到什麼阻礙，連髮油都省了。

小小隔間裡的簾子拉著，陽光只透過厚重的綢布透進來一點，被濾成了泛黃的顏色。

「可惜什麼？」少年的聲音有些啞。

慕聲的神情相當放鬆。淩妙妙為他梳頭的時候，他的表情就像是被順毛的貓，一點懶洋洋的柔和光線投射在臉上，如同畫家將最溫柔的顏色暈染開來。

「我本來想看看你蛻變的過程。」淩妙妙看了一眼鏡子裡的人，抿了抿嘴，非常遺憾地嘆氣。看看你從傻子變成人是什麼模樣。

慕聲抬眼，反手握住她的手臂，握得極用力。

「你不放開我怎麼梳？」淩妙妙直笑，靈巧地將梳子換到左手，歪歪扭扭地梳下去，活像是隻小蛇抖著身子向下爬，語氣很得意，「可惜我有兩隻手。」

慕聲漆黑的眼底含了一點罕見的笑意，眼角的緋紅色彩，似乎被遮擋不住的陽光濾去，唯見翹起的眼尾深深一筆。

多少年以前，紅羅帳子外也有一雙手，梳理他的頭髮。女人的眼裡滿是愁緒，淚光瑩然，模糊成一片，坐在椅子前、晃蕩著兩條腿的小笙兒，就這麼一晃眼變成了他。

眼前的少女臉上帶著動人的朝氣。終究，留不住的也讓他留住了點什麼，江水般的歲月，在一往無前的奔湧中停住了一瞬。有人用力抓住他的手，將他從無窮黑夜中帶了出來。

凌妙妙將冰涼的斷月剪抵在他的背上，比劃比劃，「剪啦？」

「嗯。」他毫不留戀地應。

他是石隙斜生的小芽，只需一縷光，便絕處逢生。

地上的髮絲盤繞著，越積越多。凌妙妙被剪子磨得虎口都痛了，才發現他的頭髮這樣多。

她長吁一口氣，「這麼多的仇恨，從今天起就都沒有了。」

凌妙妙的手指擦過慕聲的脖頸，將他的髮絲從耳朵上方攏起，攏得很不熟練，總是間或掉下來一些。

她手忙腳亂地撈著，撈上東邊掉下去西邊，好半天才攏成一股，高高拎了起來，手心都出了一層薄汗。

露出耳朵和脖頸，鏡子裡的人顯現出了全然不同的面目，是乾脆俐落的青春魅力。

「就這樣別動，我來。」慕聲突然出聲，按了按她的手。

他從盒子取出了那一條髮帶，將手伸到背後，微微低下頭，熟練地紮緊了髮帶。眼尾妖嬈的血色隨之暗淡而逝，眸光卻漸漸亮了起來。

這一次，是他心甘情願，求之不得。

淩妙妙跳著跨過滿地髮絲，左右拉開簾子。早春的陽光剎那間滑過她的臉，將她的瞳孔映照得縮了起來。亮光驀地湧進室內，頃刻間便占領整個隔間。

淩妙妙扭過身子，逆著光站著，陽光在她栗色的髮絲外鑲了一層金光閃耀的邊，整個人似乎化成暖融融的一團。

「亮不亮？」東風吹動她的衣袂。池子裡的香氣隱隱飄來，妝臺上斜插的梨花掉了一瓣，細小的花瓣輕靈地飛出窗外。

少年仰頭看著她，黑潤的眸子如平靜的湖面。頭頂的髮帶猶如伏趴的白蝴蝶，緊跟著伸展骨骼，張開翅膀。

從此以後，便都是亮的了。

——《黑蓮花攻略手冊 肆》完

番外其一

落青梅

最後一次見到薛氏的時候，她氣喘吁吁地躺在床上，歪著脖子。

她瘦得可怕，顴骨像雙峰一樣凸起，拉扯著乾癟的嘴唇，她用凸出的雙眼盯著他，看起來想要說些什麼，嘴唇剛動一下，眼淚驟然流了滿臉，打溼綾羅玉枕。

他握住她冰涼的手，手上的熱氣已經開始消散了，指甲尖尖的，像是某種動物的鱗片。

他記得這雙手，成婚的時候，年輕的新娘子自己掀開蓋頭，濃妝豔抹的臉上掛著不安的神情，指頭像是剝好的水蔥。

「侯爺……」她的牙齒輕碰下唇，話語破碎的氣聲裡，眼淚無聲地淌著。

「嗯。」他答應著，緩慢地交代，「熠兒，已經醒了。」

他有種預感，薛氏熬不過今日了，因而語氣格外柔和。

他撒了謊。事到如今，她誕下的一兒一女，一個瀕死、一個丟失，她燈枯油盡之時，也該聽到點好消息了。

她卻搖頭，似乎想聽到的不是這個。如今對她來說，哽咽也變得格外艱難。他怔了怔，附耳到她唇邊，聽她最後的交代。

「侯爺……」

一點即將瀰散的熱氣噴在他的耳垂上。她的聲音細而破碎，似乎含著無限的疑惑和不甘，「您看著我的時候……像是在看著別人。」

彷彿有人捏著一根針，猛地刺入心臟。他驟然抬頭，她渙散的眼睛已經無神，未乾的淚依舊閃著亮光。

屋子裡陷入一片死寂。夫妻七載，相敬如賓，臨了卻只留給他這樣一句沒頭沒尾的話。他現在算是新鰥，卻並未如預料般肝腸寸斷。只是感到一陣疲倦和冷意，如潮水淹沒全身。

他一動也不動地坐在床邊，陽光照在他冒出青色鬍渣的下頷上，勾勒出流暢的線條。彷彿是精心作畫的人一氣呵成，濃淡粗細，恰到好處。

門「吱呀」一聲推開，管家的聲音小心翼翼，彷彿看到他失魂落魄的模樣，不知如何打擾，「侯爺……」

「出去。」他背著門，語調平淡地打斷。

外人看來，那背影蕭索，如同被悲傷凍結。只有他自己知道，那是在疑惑。修長的手用力按著自己的心口，青年男子的心臟，仍在有力地跳動著——這是為什麼？結髮妻子在他面前嚥氣，竟比不上幾日前在安定門見到那陌生妖物的一面。

那雙漆黑眼眸對上他的瞬間，像一把利劍插進他的心肺，那樣尖銳的痛感，恍若人從夢中清醒的剎那。那時，那兩個捉妖人的話何其荒唐，「這是您的骨血……」

他瞇起眼睛，窗外樹葉搖擺。難道他曾經還有別人？

他曾經看過東瀛的人偶戲。戲臺不過方寸之地，牽絲木偶總共只有五個。那場戲是薛氏強拉他看的。新婚伊始，不好拂了新婦的興致。女眷們看得津津有味，唯他定定地望著那人偶出神。

上一齣短戲，男偶和女偶是抵死糾纏的痴男怨女；這一齣新劇，同個男偶和女偶擦肩而過，是素不相識的過路人。也對，終究是換了新角色。

衣服被人扯了扯，回過頭，薛氏的眼光怯怯，在一片叫好聲中悄聲問，「侯爺，您不喜歡嗎？」

他這位妻子，肩膀過於瘦削，看起來總是有種軟弱可憐的意味。

「慣得他。」趙妃哼了一聲，過分親暱地拉過薛氏的手，「他這人就這樣，妳看得高興便是最好。」

說罷，轉過來向著他，那張精心保養的臉上顯出一點厲色，「輕歡，打起點精神來。」

「嗯。」他垂下眼睫，心不在焉地敷衍。戲臺外光影紛亂，流光照在他的臉上，是那樣的風華無雙，即便是這樣漫不經心，似乎也可輕易被諒解。

這門親事門當戶對，父母之命媒妁之言。姐姐看著薛氏的熱切眼神，彷彿看著一座恢宏的大匾額。

這樣想想，薛氏也是可憐人。一齣戲終了，他如牽絲木偶，妥帖地攙新婚妻子出宮回府。

他走在月色下，衣襟落滿冰冷的月光，拉出纖細修長的影子。打著燈籠的下人離得遠了，薛氏的臉上是心滿意足的笑，不知什麼緣故，忽然間拽住他的衣袖。現在想來，當時的薛氏，也不過是因為席間喝了幾杯薄酒，想要撒撒嬌罷了。

他的步伐驀然頓住，這一拽彷彿即將入睡的人忽然被推了一把，推散了混亂而輕浮的夢境。

他想起一雙手。水蔥一樣的指尖，先拽他的袖子，一點點攥緊了，隨後試探著去握他的手腕，帶著狡黠和依戀。他反手扣住那雙冰涼的手，那人便無聲地笑了。她低著頭笑，帶著桂香的清風撥過她兩縷柔軟髮絲，兩眼的弧度被纖長睫毛點綴，面頰粉紅。他沒能等到她抬起眼來。

薛氏見他臉色大變，以為他不喜觸碰，訕訕地收回手去。引路的小廝見他們未跟上來，折回來喚他，不穩當的幻覺便清醒了。

那不是薛氏。

他在晚風中茫然抬頭，一遍遍回想著見過的命婦，丫鬟乃至於歌妓，沒有一個是她。

「侯爺是不是又頭痛了？」小廝將他扶住，「娘娘說了，再吃一回藥，就不會再頭痛了。」

一年前墜馬，留下了嚴重的後遺症，時常頭痛。長姐告訴他，他在昏迷之前有應襲的官未做，心愛的人未娶。

他的人生彷彿就此割裂開來，醒來的他，似乎要完成另一人未竟的事。於是他做了官，娶了薛氏，日子像一場大夢，快樂抑或痛苦，都浮於表面，不能探入心底。

直到新婚之夜，新娘子自己掀開了蓋頭，燭光映在她的手上，雪白的手捏著殷紅喜帕。直到那個瞬間，他才真正接受這是他心中所愛。

可若是她，剛才那個人又是誰呢？

人人都知道輕衣侯孤傲淡薄，因無意於仕途，這閒差當得也不鹹不淡，只做份內之事，從不與人應酬往來。

薛氏即將臨盆，正好有名正言順的理由休沐回家，避開不想面對的閒事。哪怕是飄在天上的人，一旦做了丈夫和父親，多少也要負起些責任。

他的溫情向來不多，點到即止，恰到好處。他心裡明白薛氏的失望，只當自己本身就是個冷情冷性的人。唯獨那段日子她很滿意，彷彿只要他在家裡待著，便能使得充滿憂思的女人停止胡思亂想。

薛氏午休睡下了，屋裡靜默地染著暖香。他倚在窗臺邊，以手支著下頷，暖融融的光照在他的眼睫上，不經意間打了個盹。

年輕的女子，提著裙子背對著他站著。腳踝纖細，小腿筆直，赤著腳踩在地毯上，半彎著腰，側過身來的時候，能看見她凸出的小腹。

不似尋常婦人腰身笨重，走路像鴨子擺步。

她的有孕，像是在纖弱的身上捆了一顆球，越發襯得她骨骼纖細，彷彿一彎就能折斷。

「找什麼？」

真奇怪，即使她有了身子，他依然能夠一手將她抱起來，輕鬆地抱離地面。他從未想過自己能以這樣的語氣說話，像是摻了蜜糖。

她纖細的手臂摟著他的脖子，依然左顧右盼，「找貓兒。」那聲音柔和，在耳邊酥麻作響。

「送到隔壁去了。」

「為什麼？」她扭頭過來，面目模糊不清。

他抱著她到床邊，仍然抓著她的手不肯放，一劃她的鼻尖，「妳也是有身子的人了，不怕貓兒衝撞？」

床帳旁邊擺著香爐，煙霧如小蛇升騰起來，慢慢勾勒出滿室如雲的霧。她安靜地坐在雲霧那頭看著他，聞言抿著嘴淺笑了一下，雙瞳似秋日的湖。

扇子帶著香風席捲而來，攪散了夢境。

他睜了眼，刺目的日光使得眼皮滾燙發紅。他的心仍在瘋狂地跳著，眼前模糊一片。

那樣的喜歡……那樣喜歡……抱著她的時候，只覺得自己的整顆心都被填滿了。

「侯爺，熱嗎？」

打扇的女子聲音壓得低，白紗覆面，盈盈美目乖覺地看著他，隱隱流露著期許的神色。

他一回頭，心下了然。薛氏孕中嗜睡，還在帳中未醒，這便有不安分的東西抓著機會湊上來了。

他並不知道自己是什麼樣的表情。這一覺醒來，他極其英俊的眉目含情，柔和得彷若剛硬的山巒被桃花樹覆滿，也難怪這丫鬟誤解了什麼。

他對於斥退有心人這種事，算得上駕輕就熟。

可是甫回頭，見扇子的風吹動了輕薄的白色面紗一角，剛要起的話頭，便奇異地收住了。

他望她一眼，抽出她手上的團扇，一言不發地拾起筆，蘸飽了墨，於上面胡亂勾勒，心還停留在方才的夢中。

「侯爺。」那女子被奪了扇子，越發膽大起來，別了別耳畔髮絲，含羞帶怯看著扇面上的紅梅枝芽，「奴婢想要芭蕉。」

他的筆一頓，抬眸望向窗外，小庭院牆角立了一株芭蕉，迎風分翠。芭蕉筆畫比樹木多，畫的時間也更長。

他隨手畫了兩筆，忽然一陣心悸，恍惚中幻覺與現實交錯。

小庭院裡飄著雪花，他握著一隻冰涼的手，帶著她一筆一筆地畫院外芭蕉。先暈染，再勾勒，將那乾枯瀕死的芭蕉葉畫得挺括如新生。

「天冷，快些回去吧，小心凍著。」他草草落筆。她還不依，捏定了筆不放，睫毛眨著，頗有些撒嬌的意味，「不冷。

「你知道嗎？麒麟山終年飄雪，我們便在雪中跳舞。」

他的鼻尖埋在她的領口，一點溫熱的香氣飄飛出來，她的髮絲柔軟，被雪打得微微潤溼。

他的手向下，隔著衣服摸了摸她凸起的小腹。

「此子……妳我……心中期許……」

聲音斷斷續續，時有時無，彷彿是被那捲著雪花的大風吹散了。

「子期……」

幻境戛然而止，如同風雪一併灌入口鼻，刹那間一片空白。他撂下筆，靠在椅背上，有些呼吸困難。

那丫鬟曲解了他的意思，臉色緋紅，大膽地靠近他，「奴婢叫秋容……」

他的眼裡爆出些血絲，拇指痙攣般按著刺痛的太陽穴，驟然發問，「叫什麼？」

「秋容……」

容……容兒……

「出去。」他閉上眼睛，揚手一折，便將團扇折作兩半。墨漬沾到了手心，潮溼黏稠，彷若血跡，「滾出去。」

劇烈的疼痛排山倒海而來，他的骨節發白，直直地從椅子上栽倒下去。

他昏迷時，恰逢薛氏臨盆，輕衣侯府亂做一團。迷迷糊糊間，聽見長姐與旁人的對話。

「趙妃娘娘，臣一早便說，這是一步險棋……」

「本宮只有這一個弟弟，不管你用什麼辦法，只要讓他活著，聽見沒有……」

「為今之計，只有施全咒術。可是如此一來，一旦反噬，便會……」

「不會的……快些施咒吧，讓他不會再想起來。來人！」她的聲音尖利，「去把那棵芭蕉拔了。府裡名諱裡帶容字的，全部改掉，以後哪個不長眼的敢勾引侯爺，本宮剁了她的蹄子！」

薛氏的大喪在六月舉行，那個月輕衣侯的長子熠重病不治，幼女流落在外，未能尋回。兒女雙全的輕衣侯，剎那間又做回了孤家寡人，外人口中都道可憐。

那時，欽天監的方士正與前來超度的和尚爭吵。一片嘈雜中，他一人跪在靈堂前，肩上落滿大雪一般的白幡紙。

他仍在想著薛氏最後的話，「**您看著我的時候，像是在看著別人。**」

「侯爺。」小廝輕喚他一聲，手裡握著一只綴著厚重穗子的香囊，看起來有些為難，「奴才在夫人的遺物裡……找到了這個……」

他低眼一掃，巴掌大的香囊上是重重刺繡，銀線麒麟栩栩如生。

這香囊他再熟悉也不過，五歲上時奶娘為了繡給他，熬壞一雙眼睛。從此他貼身配在身上，直到剛成婚時不慎弄丟了。

那時他發令全府人去找，終究沒有結果。他曾為了這個，在奶娘墳前跪了一炷香的時間。

他接過香囊，穗子在空中擺動，劃出一道弧線。薛氏要它做什麼？

香囊入手，卻是沉甸甸的，打開裡頭是一錠金子、一顆鴿子蛋大的夜明珠。還有幾張捲成筒的薄紙，是房契和地契，過了七八年，折疊的邊角都磨損破爛了。

靈堂搖曳的燈火躍動在臉上，他抿起薄唇。這是他名下的房契和地契。

「還記得七年前，這香囊是怎麼弄丟的嗎？」他回頭瞪著管家，目光泛冷。

七年前墜馬，失去若干記憶，開始頭痛。薛氏藏了他貼身的香囊，還有她口中的「別人」，樁樁件件都有蹊蹺。

「這奴才哪能知道？」管家的神情躲閃。

趙家高門大戶，嫡生的唯有一對男女。男的不學無術，女的便要霸道上進，這算是慣例。長姐的手一向伸得很長，像是長著觸鬚的魚，以家族榮光為由，盤據了他的世界，他一直以來都知道。

掃視著管家惴惴不安的表情——像這樣裝傻充愣的下人，才能在大浪淘沙中安然活下來。

「你跟本侯也有十幾年了。」他垂下眼簾，語氣很平淡，「不覺得我即便是逃到天涯海角，也依然是趙妃娘娘手上的牽絲木偶？」

靈堂裡頭，白幡銅錢飄蕩。一向傲然不肯多話的輕衣侯，妻子亡故孑然一身，對著個下人自嘲起來，實在令人目不忍視。

這招果然奏效，管家哽咽了半晌，終究是同情占了上風，紅著眼圈撲通一聲跪下來，「奴才不敢瞞侯爺……」

他左右顧盼，見四周正是一片嘈雜，便膝行兩步，小心地湊近，「侯爺墜馬那一日，將這個香囊帶在身上，急著要去什麼地方。臨出城門，馬兒發了狂……」

他定定地看著管家，「我要去什麼地方？」

「這……」對方又猶豫起來。

他手裡捏著那幾張薄紙，指尖撫摸著香囊上的呢絨，驟然間摸到一塊凸起。

他一怔，手指伸進去細辨，那是幾個縫在夾層裡的字，似乎是有人專門將香囊翻過來縫好，再小心掩藏在裡面的。針腳粗陋，不像是女人做的，更大可能是他自己倉促而行的手筆。

「暮、容、兒……」他一個字一個字辨認出聲，如同萬鈞雷霆劈下，就彷佛一寸一寸揭開和肌膚融為一體的傷疤。管家的臉色剎那間煞白。

「侯爺，侯爺您不能走……」管家似乎是嚇壞了，連滾帶爬地追了出來，一腳踩進水窪裡，泥水四濺。

靈堂外早已變了天，狂風席捲，吹動著落下的雨絲四處飛濺，呼呼的風聲穿梭在乾枯的枝葉之間，他的衣裳轉瞬間便被打溼了。

「閃開。」胯下馬兒揚蹄狂奔，踩碎滿地的積水，颳下迎面而來的樹枝，眨眼間甩掉了身後跟著的人。

直到看不見人，他才鬆了鬆緊握的韁繩，無力地坐在馬背上。因為太過用力，手心和踩著腳蹬的腳都被磨出了血跡。

沒有人知道，那三個字出現在眼前時，即便是默讀一遍，也會承受千刀萬剮之痛。

這一痛，讓他驟然想起薛氏臨盆前的事情。院角的芭蕉樹，面紗，秋容，最終歸結於幻影，以及幻影中被他抱著的人。

雨點打在臉上，與額角滑落的冷汗混在一起，不住地刺痛眼睛，直逼出了眼淚。果真有個「別人」，這「別人」卻不是別人。

顫抖的手握緊馬鞭，猛地加速，一路揚蹄飛奔到郊外。

「嘶——」一夾馬腹，馬兒擺頭，雨絲打在牠油亮的皮毛上，化成一顆一顆的水珠，咕嚕嚕往下滴落。天色已晚，隱約只看得到遠處叢叢樹木的輪廓，如同被墨色渲染。

馬戶老頭吹著口哨，斜帶著竹編的斗笠，正在檢查馬棚和食槽。

聞聲轉過腦袋，似乎是辨認了一片刻，才驚喜地認出馬上的人，趕忙小跑步過來，將斗笠摘下，「侯爺怎麼不打傘？」

「我的駒子呢？」他翻身下馬，頭髮也在滴著水，臉色發青，不知是因為痛楚還是這突然轉冷的天氣。

凡遠行，他一定來換一匹能行千里的駿馬。平日裡將牠放養在馬群中，這是他和馬戶從小到大心照不宣的事情。自墜馬以來，足足七年，他未曾涉足此地。

「餵著呢，餵著呢。」馬戶顛來倒去地承諾，將手上斗笠作傘，滑稽地罩在他頭頂，「小的這便去牽來……」

「不必了。」他打斷，喉結動了動，半晌才艱難地發聲，「上一回我來牽牠，是打算去哪裡？」

馬戶轉身的動作驟停，表情像是犯了什麼錯誤。

「告訴我。」他拔高聲音，雨疏風驟，風聲如嗚咽，手裡攥著的那枚香囊有些變形，金錠的邊緣抵得手心生疼。

「上一次，七年前……」馬戶頓了頓，低頭恭恭敬敬地回應，「您要牽最快的馬，連夜出城去，越快越好。」

「去哪？」

「說是南邊，一個叫無方鎮的地方。」

無方鎮……他的瞳孔收緊。似乎是第一次聽到這三個字，又似乎已經聽過無數次。

絲絲縷縷的雲，經久不散的霧，夜夜笙歌，無憂無懼……

「您告訴小的，有人在那裡等，夫人即將臨盆了，故而要快。

「小的問您，還回來嗎？那時您已經策馬奔出好遠了，回過頭來說，不回來了。

「當時您笑著說，就當長安城裡，從未有過輕衣侯。」

天空之廣袤，深不見底，如同大海倒轉。

這是是一個沒有星子的夜，落下的雨絲奔向他懷抱而來，粼粼閃著光，似乎慢慢凝成晶瑩的雪花，緩慢輕舞。

時間因此而變得無限漫長，落著雪花的天空靜謐得如同情人悠遠而包容的目光。

他側躺著，身子抽搐，血沫從口中一點一點湧出，唯一點亮的是不瞑的雙目。

「夫人即將臨盆了……」

「妳也是有身子的人了，不怕貓兒衝撞？」

「此子是妳我心中期許，就叫子期好不好？」

「我來，殺你啊。」

「這是您的骨血……」

「你知道嗎？」說話的人輕盈地轉了個圈，神情恬靜和美，宛如仙子，「麒麟山終年飄雪，我們便在雪中跳舞。」

火把，人，慢慢聚攏過來，像無數隻螞蟻，團團圍上來，他們似乎著急地說著些什麼。

有人將他抬起來，觸碰到他的瞬間，他嘔出一口血，眸光渙散，沙啞地開口，「下雪了嗎？」

那幾個人面面相覷，表情都像是著了慌，「侯爺，剛四月，哪來的雪？」

閉了閉眼睛再張開，血色的世界只靠絲絲小雨艱難洗濯，越洗越骯髒，越洗越難以洗淨。

原來，那片純白的夢境，只是眼前的白翳。

夫人喪期未過，輕衣侯便病危。趙妃娘娘出宮照料，一見他的模樣，轉瞬哭成了淚人。曾經擲果盈車的潘安，變作床上一具可怕的骷髏屍體。下人見了，都別過頭去，遠遠避開，走了老遠仍心驚肉跳。

他什麼也不肯說，像死人一樣凝望帳子，眼裡宛如一座空城。

他聽見方士對著抽泣的長姐說話，「娘娘，人活著是靠一股『氣』。現下侯爺眼裡的燈滅了，就是那口氣沒了，這般苟延殘喘……」

他的關節像是被那場雨鏽蝕了，連動一下都很困難，故而沒人能從他手中將那繡了她名字的香囊抽出來。

「說好妳我夫妻，坦誠以待，為什麼要瞞我？」

書房裡的光線明亮，照著這個讓他心心念念的人。她驚慌地看著他，似乎想要解釋，又羞於啟齒，「我沒有。」

怒火上了頭，她越是完美，越令他心驚肉跳，懷疑越是陡升，「妳究竟愛不愛我？」

她卻遲疑半晌，才輕聲答，「我不曉得這是不是愛。」

終究是年輕氣盛，區區這一句，讓人覺得半生愛戀都成了笑話。激得他負氣離家，轉頭向長安去。

人妖殊途，分道揚鑣的想法，被冷風一吹，在半路上就不算數了。

要是真想騙他，就該像那戲本上的狐狸妖怪，說愛他入骨，騙他一生一世忠心耿耿，永不離開，為她臣服、任她馳騁，榨乾他每一寸皮膚骨血，那才是真正的妖怪。

容兒，暮容兒。她竟連撒謊也不會。

忘憂咒反噬，萬箭穿心之痛。若能抵消他一去不回，拋妻棄子之業障，倒也很好。

可惜七年了，子期長得那麼大，淪落於街頭。臉上滿是灰塵，肩胛骨看得一清二楚，赤著腳，竟連鞋子也沒有。再多的……只恨自己沒能多看一眼。

他見那孩子的第一面，便是相見不識，生死博弈。那麼，他捧在手心上的人呢？

他不敢去想，她是怎麼一個人生下了孩子，在日復一日的等待中零落成泥，落到今天這一步。

長姐握住他的手，他垂下眼，想起握住瀕死的薛氏的手那一次。

風水輪流轉，這麼快便輪到了他。

長姐的眼睛紅腫著，「輕歡，你還有什麼話想說？」

他微微側眼，看到了她身後站著的人。

暮容兒站得極遠，幾乎像是幻覺。她依舊絕美輕靈，倚著門，栗色的雙瞳裡迸射出兩道寒光，遠遠地帶著譏笑望著他，似乎是專程來看他的慘狀。

那不是她。他的容兒去了哪裡呢？

「姐姐。」他的眼淚蜿蜒落下，艱難啟唇，「我懷裡……慕家的玉牌……妳去慕家……把子期……接回來。」

那孩子留在捉妖世家，還能討得回來嗎？

趙妃瞪大了眼睛，沒有想到他最後的遺言是這件事，「那個野種……」

「趙沁茹。」他打斷，將她的手攥得死緊，眼白裡血絲根根崩裂，血色暈染成一片，聲音顫抖起來，像是在冬天裡不住地呼出冷氣，「那是我與容兒的孩子……我此生……與趙家再無瓜葛……」

就當長安城裡從未有過輕衣侯。

要是能逃離就好了。在偏遠小鎮裡做一戶普通農夫也好，妻兒兩全，永不分開。

在無方鎮成婚那一日，新娘子搶先掀開蓋頭，紅色喜帕襯著水蔥似的手指，豔妝之下，縱然眼中不安，也是那樣的美麗。

「照你們的規矩，今日之後，我們便要永遠在一起，是嗎？」

洞房花燭搖曳，滿室的光暈都是醉人的幸福，他笑著答道，「當然是要永遠在一起。」

時間如泛黃的書頁，向前快速翻著，火樹銀花墜落滿頭，天幕被璀璨熱鬧的流星填滿，整個凡間都被新年的狂歡照亮。

少年不識愁滋味，只覺得世間一切那樣新鮮而美好。

晚風揚起白衣姑娘的面紗，那令人驚心動魄的眼眸，猛地撞進了他眼中。

「我是來看煙花的。」

——番外其一〈落青梅〉完

番外其二

十五年

HEILIANHUA
GONGLYUE SHOUCE

寢室裡。燥熱的天氣，窗外的蟬鳴聲嘶力竭，安在天花板上的風扇呼呼轉動著，吹來的都是熱風。

風扇老舊，明明有轉頭功能，轉得卻不太順利。時常伴隨著「喀喀喀」的響聲，讓人擔心它扭斷了脖子。

「糟糕，冷氣又壞了。」

半個小時前，室友拿晾衣杆戳了戳出風口垂下來的扇葉，扔下這麼一句話，便幸災樂禍地跑下樓。

夏天報修冷氣的人多，雖然要排隊，也剛好在大廳裡吹冷氣，一時半會不會回來。

寢室裡就剩淩妙妙一個，那風扇在頭頂賣力地呼呼吹，還是熱。她趴在桌上寫考古題，順手揚起手上的紙扇，浮躁的風攪得耳邊髮絲亂飛。

「喀——」一聲巨響，彷彿風扇扭得筋骨斷裂。扇葉還在徒然空轉，似乎打在什麼障礙物上，劈啪作響。

淩妙妙嚇了一跳，「下來，別坐在風扇上——」

語尾未落，那黑色身影衣袍翩飛，唰啦一下從半空中落下，逕自坐在她的書桌上。

清涼的白梅香氣撲面而來，彷彿安適的便利商店敞開了大門。

天外來客不太滿意她的眼睛還停留在書本上，順手抽走了她手裡的筆，拿在手上把玩兩下，揣進自己的懷裡，黑漆漆的眸一動也不動地看著她。

凌妙妙兩手空空地往椅背上一靠，盯著他笑，「不是說最近異典司查得很嚴嗎？」

少年頓了頓，伸手在繁複的衣領裡掏起來，手指的側面修長好看。掏了半天，從衣領裡抽出一塊掛牌，遞到她眼前，「妳看。」

他原本非常抵觸這東西，直到這一刻，突然有了點賣弄的意味。

這掛牌是通常工作人員的掛牌，金屬外殼裡鑲嵌晶片，上面銘刻著四個數字「0306」。比正常掛牌的型號小了一圈，又比項鍊大了一圈，簡直像是小貓頭上的……嗯，項圈。

想到這一點，凌妙妙臉上瞬間露出詭譎的笑。

慕聲沒注意到，他正在專心致志地看眼前的人。

因為在室內，少女很隨意地穿著紅彤彤的圓點連身裙。裙子寬大，露出肩膀和一點鎖骨。頭髮順手挽起，幾縷栗色髮絲落在脖頸後面，鮮豔張揚的紅襯得她膚色極白，像櫥窗裡的草莓蛋糕。

他飛快地牽起她的手，低頭吻住她的手指。

凌妙妙毛骨悚然，「哎……」

他纖長的睫毛垂成一排，表情安靜虔誠，只有紊亂的呼吸，隱隱露出一點壓抑的渴求。

凌妙妙飛快地看了一眼門外，掙扎著站起來，做賊心虛地啄了兩下他的臉，「大白……大白天的，別鬧。」

人妖殊途是有道理的。

二寶十五歲的時候，已經長得跟柳拂衣一般高了。聲音變得有磁性，在院子裡提水桶時會露出成年男人一般有力的手臂肌肉，時常讓人感到恍惚。

雪蠶已經長成一個輕靈美豔的大姑娘，許配給了捉妖世家的一位公子。在她的婚禮上，凌妙妙感覺到有些心驚——當年那個靠在柳拂衣腿邊吹泡泡的小姑娘，竟然已經到了和她剛來這個世界時一樣大的年齡。

那一日，她也在梳妝鏡裡心驚地發現第一根白髮。

慕聲站在門邊，看見她悄悄拔下頭髮藏起來的過程，一聲不吭。

每一年裡，凌妙妙有八個月和主角一行人浪跡天涯捉妖，四個月拽著慕聲回家度假。

因為不用生兒育女，操心雜七雜八的事情，過得實在太輕鬆，以至於好像一眨眼，這十五年就過去了。

郡守千金過了三十歲，好像也沒有什麼變化，模樣和性情一如當年。可是那天起，她規規矩矩地梳起婦人髮髻，再也不好意思作少女裝扮了。

夜裡，他抱著她纏綿。少年永遠是初見的那個模樣，高馬尾，白髮帶，單薄的，執拗的，一雙漆黑的眸在黑夜裡看著她，一邊親吻她一邊強硬地拆掉她的髮髻，「為什麼這樣梳。」

「早就該這樣梳了。」她扭過頭去不看他，晃著腦袋開起玩笑來，「哎，我也不想老，歲月不饒人吶。」

現在，她勉強和他登對。再過幾年，二寶看起來跟他一般大的時候，她該如何自處？

相應地，系統每年都會發一次提示，提示她還有另一個世界的存在，已經發了十五次了。

年末，郡守爹壽終正寢，淩妙妙為他養老送終，握著他的手安然送走了他。靈堂裡，慕聲陪她一起默然跪到半夜。

夜裡很安靜，哭過之後，她的腦子放空，開始想起了自己的爹。

他腦子裡像是裝著個雷達探測器，搖曳的燭光之下，開口第一句話便是，「妳想走了。」

淩妙妙嚇了一跳，「我沒……」

他反常地淺淺一笑，側顏在明滅的燭光中晦暗不明，「妳不用瞞我，我都知道。」

「其實……」淩妙妙頓了頓，掰著手指頭跟他算，「你看，二寶也長大了，雪蠶也嫁人了。柳大哥和慕姐姐兒女雙全，自成一家，我在這裡，沒什麼遺憾的……」

「嗯。」他打斷，似乎非常通情達理地理解她，柔順地答，「沒關係。」

凌妙妙稍感欣慰。下一秒，他往她手心裡塞了一枚冰涼光滑的珠子，垂著眼瞼，平淡地補充，「妳走的時候，幫我捏碎就好。」

凌妙妙藉著燭火看了半天。半透明的珠子上似乎有變幻的嫣紅紋路，像是晃動的水紋。

她心裡覺得不對勁，試探著捏了捏，身旁的人身子一晃，驟然吐出一口汙血，臉色剎那間白得像紙，仍然執拗地盯著地面，跪直身子。

凌妙妙嚇得三魂飛走了七魄，「你有病吧慕子期！」

她一把抓住他的肩膀，掰開他的嘴，把那顆珠子強塞進去，手上沾滿了他的血。二人氣喘吁吁，影子在燈下亂晃，像一對厲鬼。

凌妙妙捉妖也有十多年了，知道大妖之力蘊生妖丹，失其丹則命不久矣。算算他的年紀，也該有妖丹了。捏碎了妖丹，不就是讓他去死？

「你這人怎麼這樣呢……」凌妙妙越想越怕，身子顫抖，直接被他氣得湧出了眼淚。

慕聲攥著她的手，抬眸望她，黑亮亮的眼睛裡全是不甘和不捨，沾著血的嘴唇殷紅，「妳說沒有遺憾，可見是捨得下我。」

凌妙妙拿袖子擦乾眼淚，「誰說要一個人走了？我剛才是想問你，願不願意跟我一起走……」

他怔了好一會，死寂的神色一點點亮起，竟然顯得有些懵懂，「可以嗎？」

「怎麼不可以。」凌妙妙沒好氣揉了一把他的臉，「死都不怕了，還怕試一試嗎？」

於是便有了今天。

這裡是凌妙妙的家鄉。真正的妙妙跟凌虞的外貌稍有出入，可是依然有著機靈警覺的杏子眼，白裡透紅的臉頰，柔軟的髮絲和腰肢，讓人流連。

慕聲從她的手背一路親吻到脖頸，動作越發不可收拾，凌妙妙被他弄得神魂顛倒，費好大的勁才定住神，「許主任來了！」

少年離開她，拿手指漫不經心地摩挲剛才留下的印子，「少嚇唬人。」說完，嘴唇又挨了上去，磨蹭她的唇瓣，一手已經隔著裙子捏住她的腰，凌妙妙的臉砰地紅了，「這裡不行……」

慕聲吁一口氣，慢吞吞地放開她，眼底水光潤澤，似乎委屈得很。

她像是提防作案似地捏著他的手，費力解釋著，「這裡跟家裡不一樣……公共場合。」

見他聽話地不動了，她順手拿起放在桌上的手表，瞄了一眼。竟然已經半個小時了。

她從書包裡拉出那一串掛著鑰匙、USB和指紋鎖的鍊子，急促地晃了晃蓬鬆的粉紅色狐狸尾巴吊飾，「快回去，別怠忽職守。」子期啊，要是讓人抓包了，下次可就來不了了。

慕聲走得磨磨蹭蹭，將怨氣全發洩到結界令上，將那個狐狸尾巴吊飾翻過來倒過去地把玩著，抓掉好幾根毛，「為什麼是這種東西？」

凌妙妙推推他的肩膀，抿嘴笑，「多可愛呀，像你一樣。」

「唰」的一聲響，一朵蒸汽雲在空中綻開，白霧消散後，眼前的人也消失了。

凌妙妙感慨地摸摸狐狸尾巴，又將結界令放在唇邊輕輕親了一下。

辦公室走廊是財大氣粗的大理石磚，光可鑒人，女性工作人員的高跟鞋敲在磚上，發出清脆的響聲。

許主任是個有獨特審美品味的主管，在高度工業化的今天，白色極簡主義風格占領了各大安全局、調查局、實驗室的浪潮之下，異典司走得竟然是中世紀的歐式遺風。奢華得像是教堂，高高的穹頂上還不倫不類地畫滿壁畫，慕聲頭頂上空聖潔的天使正張開雙臂撲向裸體的瑪利亞。

有人從他身邊走過，又嘖嘖笑著折回來，「咦？0306，你在這裡臉紅什麼？」

少年定了神，臉上柔軟天真的甜蜜瞬間收了起來，鎮定地答，「沒什麼。」

每一次異典司有新的實習生，都會這樣不怕死地與0306搭訕。

原因很簡單，這裡各色物種神出鬼沒。三個腦袋同時說話的，長著翅膀滿教堂亂飛的，沒有四肢只靠觸鬚扭動著走來走去，留下一地黏液的……好不容易見到個四肢健全、五官俱在的，便覺得格外親切。

遑論眼前這個人眉眼生得俊秀，穿著刺繡精緻的古製衣飾，袖口綁帶紮緊，高馬尾上的髮帶隨著走路跳躍搖擺，滿是少年人的朝氣，看上去似乎很好接近。

所以，這次這個同齡層的實習生攔住他，興致勃勃地向他搭話，帶著好兄弟之間自來熟的意思，「這是去哪啊？」

少年垂著眼，言簡意賅，儘量掩蓋住語氣中的不耐，「回去，處理任務。」

「任務完成以後，有靈力獎勵嗎？」

「沒有。」

「那……薪水呢？」

「也沒有。」

問話的人「咦」了一聲，詫異地抓抓蓬鬆的捲髮，「那你為什麼留在這裡做牛做馬？」

慕聲的耐心用光了，邁步從他身邊走過，「不為什麼。」

「唔……真冷漠呢。」年輕的實習生嚼著泡泡糖，嘴裡嘟囔了一句，卻見到那個小公子模樣的少年又折回來，似乎是有話要問。

他的聲音很好聽，「穿書人的任務選派，在哪裡？」

「啊……在許願池。」

「怎樣可以參與額外任務？」

怪人……連薪水都不拿，竟是個工作狂呢。實習生瞇起眼睛「啪嗒」地吹破了泡泡，笑著看他，「找許主任拿申請表，辦手續啊。」

「０３０６，你的人類進化申請不合格。」

少年的臉瞬間沉下來。剛敲開辦公室的門，迎面便見斯文敗類的許主任笑咪咪地拿著一疊蓋有「退回」紅章的紙，和身後的祕書小秦一唱一和。

「很抱歉哦，０３０６。」小秦西裝筆挺，和許主任梳著一樣妥帖的成功人士髮型，抱著線圈資料夾，笑起來有兩個小酒窩。

姓許的男人是異典司的實際負責人，日理萬機地管理本區塊六千個平行世界裡大大小小的事，年齡不詳，物種不詳，審美堪憂。在電子化已經普及的今天，他尤其喜歡復古地追求紙本手續。

通常情況下，許主任負責點火，笑咪咪的小秦是來滅火的。

慕聲沉著臉從他手裡奪過申請表，「為什麼又不合格？」放在桌上翻一翻，抬起眼。朝上的視線流暢，隔著濃密的睫毛看過來，美得很無辜，「是因為格式有誤？還是寫了錯別字？」

許主任安閒地靠著真皮椅背，目光從金邊眼鏡後面穿過，饒有興趣地打量著眼前的少年。

按照平行世界維護準則，穿書人完成任務後，會有任務獎勵，可以由玩家自行提出，異典司酌情實現。

這個叫淩妙妙的年輕女孩不尋常，她的願望是把平行世界裡的角色人物帶回自己的世界。她的申請原因是，慕聲離開自己可能徹底黑化，危及平行世界安全。

當時，那女孩可憐巴巴地說，把他帶出來做隻阿貓阿狗養著也好，總歸不能留在《捉妖》的世界裡，不能與她分開。

當時迫於安全威脅，異典司不得不用機器檢測【慕聲】的黑化值，結果竟然確實如她所說。這個人得知玩家即將離開，就在黑化的邊緣徘徊。

不過他親自看過了資料，發現魅女半妖這個物種潛力巨大、資質不錯，做「阿貓阿狗」也太過浪費，乾脆拉過來做個實習系統助理，專門處理平行世界中不聽話的角色。

結果證明他的決策英明，0306簡直就是上司最喜歡的類型。工作效率極高，不廢話，不提條件，還不拿薪水，簡直就是為缺乏經費的異典司量身定做。自從他來了以後，大大小小的平行世界都安分了不少。

只有一點，他喜歡時不時擅離崗位，神龍不見首尾。不過，這種事情比起他帶來的巨大效益，也算不上什麼要緊的事了。

「咳咳。」人模狗樣的年輕男人斯文地推了推眼睛，「小慕啊，我知道，你申請進化人類，是想跟那個叫妙妙的小女生結婚對不對？」

慕聲的臉色泛紅。他有些苦惱，早就成過的婚，按這裡的規矩似乎又不算數。

小秦繃緊神經，露出了犀利的眼神。

他聽見許主任不叫「0306」而是軟綿綿地叫「小慕」，聲線開始走懷柔政策的一瞬間，就知道老闆又在打歪主意了。

異典司窮啊。

每年上頭撥的經費用來補設備維護的大窟窿都不夠。眼見平行世界要暴亂了，許摳門就發明出個獨創的新方法——隨機抽調在校大學生進入平行世界解決問題，美其名曰「觸發性時空旅行」。

那個叫妙妙的年輕女孩就是這樣被倒楣地抓壯丁的。

這樣一來，成本是省了不少。可是因為要給志願者發放獎勵的緣故，人事費又捉襟見肘，以至於他們只能使用最低級的安全機器人做客服。

除了布置任務和提供生存保護之外，無法提供任何實質上的心靈溫暖給志願者。他手頭上有幾百份投訴還沒處理完呢！

好不容易０３０６來了，異典司順遂了一段時間，這麼好用的人許摳門會捨得放走嗎？他要是進化成人類去結婚，找了別的工作，誰來當壯勞力定海神針？

果真，許主任伸出一根手指，開始漫天打嘴炮，「哎呀，要結婚……是不是人不是問題，現在這年頭，家長的接受度很高的。從根本上來講，最重要的還是學歷。」

果然老闆就是老闆，思路夠快，小秦默默地想著。

「沒有學歷，怎麼找工作？沒有工作，你怎麼賺錢養老婆？你現在只會畢氏定理吧，知道什麼是線性代數嗎？」

慕聲沉默不語。

小秦打斷，「其實更重要的是戶口，戶口。」

許摳門順勢往下說，「嗯，戶口。外來人口都要檢查，何況是妖轉人。人類落戶名額本來就少，更別說是特定國家了，你沒有戶口，怎麼買房子？」

少年的眸微微一轉，抿起嘴唇。

「就算你有了戶口。哪來的錢買房？沒房沒車丈母娘看得上你？當然啦，你沒有學歷，異典司是不可能支薪的。你要賺錢，就得找工作，想要找工作，就得看學歷。你只會個畢氏定理怎麼辦！

「得從小學補起吧？就算你驚才絕豔，讀書效率高，也得補個三年五年，將來參加個大學考試……」

小秦抿嘴笑，「0306這模樣顯小，混進高中參加應屆考試也可以。」

許主任又道，「你看，就算是高中好了，那女孩大學快畢業了吧，你還在補小學。說不定人家一畢業就結婚了，你還在準備考大學。所以別想了，安心在這裡工作吧。」

慕聲一陣怒氣暴漲而上。

小秦綜觀全場，見勢態不好，眼疾手快，一個箭步攬住慕聲的肩膀，阻止一場暴動，「啊啊！還是先填申請表吧……」

慕聲低頭，許主任的桌上堆滿了空白表格。

異典司身分特殊，事關國家機密，為防止系統被入侵，直到今天依然採用最原始的紙本建檔和公務手續。

少年的嘴唇微抿……平生最恨這些雪片，偏偏現在有填不完的申請表。跑來跑去不說，還要為了一個官房印，不斷接額外任務以增加工作福利。

不過……這裡倒是比原來的世界好。至少，努力就有希望，求告便有門路。無需浴血奮戰，無需生離死別。

而且在這裡，他既不被妖類摒棄，也不被人類逃避。哪怕只有個０３０６的代號也好，他總算是有了身分，有一個位置真正需要他。

慕聲的火氣以肉眼可見的速度被澆滅，趴在桌上填表的模樣，甚至有幾分乖巧。

許主任含笑看著他的身影，「小慕啊，你這個模樣不太行，丈母娘肯定不會喜歡。」

小秦使眼色使得眼皮抽筋了，正在奮力揉眼。

許主任笑咪咪地捏捏他的肩膀，「你的身高不到一米八吧，看你頂多一米七八，還這麼瘦。身材倒是不錯，可是這頭髮怎麼這麼長，太礙眼了。穿衣風格也得改改，黑漆漆的，怎麼跟隔壁的死神一個樣。」

慕聲的怒氣一發不可收拾，小秦張嘴欲哭。

午後時分，異典司的大樓重重震動了一下，旋即歸於平靜。

大廳休息區的實習生們，包括那個嚼口香糖的捲毛，齊齊趴在沙發上往外看，「哇塞，下文件雪了！」

淩妙妙在圖書館，再次因為熬夜過多而撐不住睡了過去。在平行世界裡耗了將近二十年，看著書本陌生得恍若隔世。

在女生吃虧的數學系裡，淩妙妙同學本來也算中等，但這次迎面而來的期中考，她有三門專業科目吊了車尾。

睏死了……真煩惱。

要不要提交一份時空旅行說明來補分？她迷迷糊糊地亂想著，對面一陣柔和的涼風拂過，吹在臉上怪舒服的。

唉不行……不能這麼墮落。她晃了晃腦袋，頑強地抬起頭，對面桌上攤著的是三角函數。

她睡眼朦朧地看了半晌，以為自己走錯了圖書館。

再抬頭一看，短髮白T恤的少年，外面套了件牛仔外套，一雙黑眸一眨也不眨地望著她。頭髮軟趴趴貼在額頭上，一點微微的捲，太乖了，一時沒認出來。

她茫然地看了半天，霎時毛骨悚然，「你、你你你……」

「噓……」他的臉有些發紅，半晌又脫下自己的外套，站起身來，給她披在肩膀上，聲音極輕，「別在這裡睡。」

文憑對你來說意味著什麼？

對於0306來說，文憑決定了他能不能儘早結婚。

許主任幫他算過，如果他走正常流程，還得三四年才可能有收入，屆時人家早就等得都涼了。

而異典司就不一樣了，當時許主任一本正經地承諾，「要求不高，只要你過了前標，我可以解決你學位和戶口的問題。站出去亮眼，保證天下丈母娘都滿意。

「我會以異典司辦公室主任的名義，直接聘用你，給你異典司的正式員工編制，相當於你省下了七年時間，提早抱得美人歸。

「七年之後估算人類進化申請怎麼也該下來了——你說划不划算？」說完，許主任和小秦還愉快地擊了個掌，不知道他們在高興些什麼。

總之，這一年裡，0306以超強的工作效率橫掃千軍，聲名大振。

後來，他被協助的玩家發現，這個看起來滿俊俏的空降NPC有些古怪。

他會在收妖柄飛出後，看著空氣念念有詞。

大家以為那是咒語，湊近了才聽見他在默念，「落霞與孤鶩齊飛，秋水共長天一色……」

有時他也會在解決一場麻煩後，沉默地與玩家一起坐在篝火邊，手裡拿著根棍子，安靜地沾著血在地上劃著些什麼。

有一次，一位女性玩家看著他的筆劃，失態地叫了出聲，「媽呀！這不是酸鹼中和方程式嗎？」

她揪著NPC的領子，「哇」地一下哭出了聲，「弟弟，你……你是來自我們那個世界的吧？我什麼時候能回家啊？」

0306將她的手掰開，冷淡地退到了一邊，「我不是。」

「那你……」她揉了揉眼睛，「那你剛才在幹嘛？」

「抱歉。」少年敷衍地行了個異典司工作人員的低頭禮，「半工半讀。」

凌妙妙的睏意都散了。她見不得這人亂來，掏出了結界令，趕緊催他回去。

「我不回去，」對方振振有詞，「我請了一天假，專……」專門陪妳。

他頓了頓，「專門念書。」

凌妙妙沉默了兩秒，斜眼看著那本高中選修課本，「你要考大學？」

「嗯。」

連黑蓮花都要考大學了，還有什麼事情不可能？這世界太荒誕了。

「那你……以後怎麼打算的？」

「我……先申請戶籍。」

「申請戶籍?!」

「再……再找工作。」

「找工作?!」

「再……再買一套房子。」

「買房子！然後呢？」凌妙妙震驚了，「我的天，誰跟你說的？房子都買了，你還想幹嘛？」

慕聲不答反問，「妳可不可以不要一畢業就結婚？」

「我有病嗎，為什麼要一畢業就結婚？」她氣到笑了，拍拍桌上厚厚一本的參考書，「我還要考研究所呢。」

想了想，她覺得實在有些不可思議，「你還沒跟我說完呢，買房子然後呢？」

「然後……」他停了停，「娶妳。」

淩妙妙的心停駐一瞬，又緊張地跳躍起來，「……我真怕你不是我媽喜歡的類型。」

「我……妳等我幾年，我以後有房子有車子。」

「不是這個意思……」

「不就是沒到一米八嗎？」少年有些惱了，「我……穿上鞋就有了。」

「不是……」

「那我以後不穿黑色……」

「不是……」

「頭髮也是許主任首肯的，他說這是丈母娘最喜歡的髮型。」

「什麼啊……」淩妙妙笑了，笑得直捶桌子。說話的聲音大了些，旁邊的同學都奇怪地看了過來。

「這夫妻，你還沒做夠啊。」她抬起頭來，手心裡出了汗，心砰砰直跳，又好笑又心酸。

總覺得自己像誘拐少女的人蛇集團，把人的一生軌跡都改變了，「男男女女一輩子，不就是那麼回事嘛。」

「我沒做夠。」他沉下臉，黑眸裡風雨欲來，「妳也不許膩煩。

「否則我……現在炸了圖書館。」

——番外其二〈十五年〉完

——《黑蓮花攻略手冊》全系列完

高寶書版集團
gobooks.com.tw

輕世代 FW366
黑蓮花攻略手冊 肆

作　　者　白羽摘雕弓
繪　　者　九品
編　　輯　薛怡冠
校　　對　林雨欣
美術編輯　林鈞儀
排　　版　彭立瑋
企　　劃　黃子晏

發 行 人　朱凱蕾
出　　版　三日月書版股份有限公司
　　　　　Printed in Taiwan
地　　址　臺北市內湖區洲子街88號3樓
網　　址　www.gobooks.com.tw
電　　話　(02) 27992788
電　　郵　readers@gobooks.com.tw（讀者服務部）
傳　　真　出版部　(02) 27990909　行銷部 (02) 27993088
郵政劃撥　50404557
戶　　名　三日月書版股份有限公司
發　　行　英屬維京群島商高寶國際有限公司台灣分公司
　　　　　Global Group Holdings, Ltd.
初版日期　2021年8月
三刷日期　2022年3月
本著作物由北京晉江原創網絡科技有限公司授權出版

國家圖書館出版品預行編目(CIP)資料

黑蓮花攻略手冊/白羽摘雕弓著.-- 初版. -- 臺北市
: 三日月書版股份有限公司出版 : 英屬維京群島高
寶國際有限公司臺灣分公司發行, 2021.08-
面； 公分. --

ISBN 978-986-0774-00-9(第4冊 : 平裝)

857.7　　110006379

三日月書版

三日月書版

GOBOOKS & SITAK GROUP©

GOBOOKS
& SITAK
GROUP©